La historia de los vertebrados

MAR
GARCÍA PUIG
La historia
de los vertebrados

RANDOM HOUSE

Papel certificado por el Forest Stewardship Council®

Penguin
Random House
Grupo Editorial

Primera edición: marzo de 2023
Primera reimpresión: mayo de 2023

Printed in Spain – Impreso en España

ISBN: 978-84-397-4169-5
Depósito legal: B-866-2023

Compuesto en La Nueva Edimac, S.L.
Impreso en Limpergraf (Barberà del Vallès, Barcelona)

RH41695

A mi madre, Montserrat, y a mi hermana Georgina

A Milo y Elisa, con mil perdones

Su pequeño trasero
descansaba sobre la palma de mi mano, su pecho contenía
zurrones arrugados de muaré y su cuello –
tenía miedo de su cuello, una vez casi
me pareció oír cómo se quebraba suavemente,
la miré y ella movió sus
ojos de pizarra y me devolvió la mirada. Estaba a
mi cuidado, la criatura de la columna, como el primer
cordado, como si la historia
de los vertebrados estuviera en mis manos.

«Su primera semana»,
SHARON OLDS

El 20 de diciembre de 2015 me convertí en madre y enloquecí. Cerca de la medianoche, en una sala blanca del hospital barcelonés de Vall d'Hebron, una cabeza asomaba fuera de mi cuerpo como un fuego en medio de una zarza. Mientras empujaba, me pareció ver en las molduras del techo un dragón que, cuando el bebé estalló en un sonoro llanto ya en brazos ajenos, huía por la ventana y con su cola arrastraba las estrellas de esa noche clara para dejarlas caer con un golpe seco sobre el suelo. Sin darme apenas cuenta, distraída pensando en quién iba a limpiar ese desastre de astros, tenía a mi hija contra mi pecho, gelatina y milagro. «Solo un segundo», me dijeron, y al arrebatármela apretaron fuerte mi barriga. Aún no estábamos. Seguí alumbrando ese fuego y vi entre mis piernas una segunda cabeza. Me sorprendió otro llanto que, fundiéndose con el primero, se filtró con el estruendo de mil cataratas por las grietas del paritorio. Desde lo alto, me dieron a mis hijos, uno a cada lado. Y quise contarles los dedos, los de arriba, los de abajo. Cuando llegué a los veinte, les besé el meñique de esos ínfimos pies de metal acrisolado.

Parpadeé y de repente ya no los tenía. Miré de lado a lado. ¿Habrían vuelto a la barriga? ¿Habrían sentido desagrado por el mundo que les había tocado? Pero bajo mis pechos todo era vacío. Un médico al que no había visto jamás se me acercó. Los mellizos iban rumbo a la incubadora, donde las máquinas terminarían la labor que mi vientre había dejado inconclusa. «Los dedos están todos», le avisé.

Cuando el cortejo de médicos desapareció, se me reveló una realidad en la que no había pensado: yo había dado a luz a un nuevo mundo, porque aquel en el que mis hijos no existían había desaparecido, y hoy empezaba todo. El parto había abierto la puerta que conecta el ser y el no ser, la vida y la muerte, la luz y la oscuridad, y yo ya no la podría cerrar nunca.

En 1942, la poeta Silvia Mistral escribió después de parir a su hija: «He vuelto de la muerte y no he rezado a Dios». Yo tampoco recé a Dios, pero de la muerte volví solo a medias.

Los griegos creían que nuestras vidas estaban en manos de tres hermanas, temidas y detestadas por igual, las Moiras, a cuya voluntad el mismísimo Zeus estaba sometido. Hijas de la Noche y de la Oscuridad infernal, estas tres ajadas damas explican, desde el eco de la historia, que nuestras vidas penden de un hilo. La más joven, Cloto, teje el hilo de la vida; Laches es hace girar el huso, donde añade al dorado hilo estambre blanco para los días felices y negro para los infelices, y, por último, Átropos, la más terrible, corta el ovillo con sus brillantes tijeras y decide el momento de la muerte. En el día de su boda, las novias griegas intentaban aplacarlas con mechones de sus fértiles cabelleras. Hoy en día las tres hermanas dan nombre a tres asteroides que orbitan entre Marte y Júpiter. No las vemos, pero desde el negro universo siguen hilando.

Durante mi vida, la mayor parte del tiempo conseguí olvidarme de las Moiras. Imprudente, conservé todos mis mechones. Pero, en medio de la desmesura del parto, las tres viejas prorrumpieron a gritos en la sala sin que nadie excepto la nueva madre las viera.

Los hombres expresan asombro por el dolor que soportamos las mujeres al dar a luz. Pero poco o nada se habla de ese camino que emprendemos y en cuyo final vemos la tierra sin retorno en la que nosotras y a lo que hemos dado vida seremos polvo. Porque, al engendrar la próxima generación, las madres confirmamos nuestra propia mortalidad, pero sobre todo asumimos un riesgo de pérdida del que jamás podremos desprendernos. En el momento en que el doctor puso por primera vez a mis hijos contra mi pecho, cuando lo que no era se tornó hueso, carne y sangre, lo supe: un día las tijeras de Átropos cortarían el hilo y la separación de mis hijos sería inapelable. Y eso yo no era capaz de aceptarlo.

«¡Que no me vuelva loco, loco no, dulces cielos!», vociferaba el rey Lear, golpeado por la tormenta, la traición y la culpa en su camino inexorable a la locura. Como el mar enfurecido, coronado de malas hierbas y ortigas, cantando y deambulando desorientado, todo un padre se convirtió en niño. Igual que él, empujada en una camilla hacia mi habitación, hecha madre, sentí desfallecer el juicio. ¡Conservad mi razón! ¡Yo no quiero estar loca!, grité en silencio, pero ese cielo sin estrellas no estaba dispuesto a escucharme.

Mientras la euforia del nacimiento se desataba entre el padre, familiares y amigos, otra euforia invadía el país. Ese mismo día, España votaba en las primeras elecciones en las que participaba un nuevo partido, uno que quería representar a la gente común, y la esperanza del cambio planeaba sobre la jornada. Al anochecer, cuando yo contaba contracciones en la sala de dilataciones, el país contaba escaños. Y ambas cuentas confluyeron en una nueva vida para mí, porque uno de esos escaños iba a ser mío. El mismo día del nacimiento de mis hijos, me convertí en diputada del Congreso.

Dos años antes había recibido un diagnóstico de infertilidad fruto de una endometriosis demasiado tiempo infravalorada. Los colmillos que desde la adolescencia me mordían los ovarios cada veintiocho días no formaban parte del dolor normal de la menstruación, como afirmaban los médicos, sino de una de tantas enfermedades femeninas ignoradas por el cúmulo de batas de corte masculino de la historia. Una tarde de otoño especialmente árida, en su infinita cotidianidad, un médico llamado Bonaventura emitía un veredicto mucho menos halagüeño que su nombre: mis trompas de Falopio eran vías muertas que había que extirpar. No quedaba opción al embarazo natural y solo cabía la reproducción asistida. Mientras el futuro padre, Tomás, y yo nos tomábamos de la mano, nos mostró un dibujo plastificado del aparato reproductor femenino con unas trompas partidas en dos por unas líneas que a mí me parecieron estacas. El estado del dibujo, manoseado y desteñido, apuntaba a la vulgaridad del diagnóstico. Pero eso no impidió que brotara mi llanto. Tiempo después, investigando sobre mi infertilidad, supe que fue Gabrielle Falopio, el mismo hombre al que debemos el nombre de esas trompas ya inútiles para mí, quien describió por primera vez el camino que realizan nuestras lágrimas desde la glándula lacrimal hasta su exposición al mundo. Ante ellas, el doctor me dijo que no temiera. «No hay nada imposible para la ciencia. Concebirás».

Al salir de la consulta, el crujido de las hojas bajo mis pies sonó especialmente hueco. Las calles vestían repentinamente de luto. La ceniza que cubría el suelo se me pegó en los talones y manchó ligeramente la tapicería del taxi que me llevaba a una de las asambleas políticas que ocupaban mi rutina esos meses. El gran partido del cambio, ese con el que queríamos transformar la forma de hacer política, había empezado su construcción recientemente, y desde el primer día supe que quería ser ladrillo. Durante meses simultaneé toda clase de pruebas que sopesaban mis opciones de ser madre con la laboriosa batalla para conseguir que las mujeres tuviéramos voz en esas largas sesiones en las que debatíamos hasta la consunción. Pasé por una operación quirúrgica que impugnó la improductividad de mi cuerpo, y a la vez impugné junto a tantas hermanas una deriva política que demasiado a menudo amagaba con retornarnos al silencio de la historia.

En el tiempo libre que me dejaban el trabajo y las consultas médicas, recorrí en tren no pocos pueblos: reuniones, encuentros, charlas, presentaciones. Y mientras lo hacía, resonaban en mí las palabras con las que Job advirtió a aquellos que se desviasen de la rectitud de la norma de Dios: morirán sin hijos, su recuerdo desaparecerá de la Tierra y no les quedará nombre en la comarca. Arqueada en mi asiento, mirando por la ventana las ramas rotas y las briznas de paja que revoloteaban por los campos baldíos, intentaba pensar en esas mujeres que habían pisado antes esos caminos. Igual que las infértiles, su recuerdo se había desvanecido, porque no tuvieron voz pública, golpeadas por el también bíblico azote de la desigualdad.

Los primeros médicos modernos elaboraron una teoría médica para seguirlas azotando. El cuerpo se regía por una ley fisiológica básica, decían, «la conservación de energía», según la cual los humanos tendríamos una cantidad limitada de energía por la que competirían los diferentes órganos. La educación o cualquier actividad intelectual podrían ser físicamente peligrosas para las mujeres, pues consumirían demasiada energía y atrofiarían el útero. El intelecto y la vida pública serían enemigos de la procreación. Lo escribió el matemático alemán August Möbius a finales del siglo XIX: «Si deseamos que la mujer cumpla plenamente la tarea de la maternidad, no puede poseer un cerebro masculino. Si las habilidades femeninas se desarrollaran en el mismo grado que las del hombre, sus órganos materiales sufrirían y tendríamos ante nosotros un híbrido repulsivo e inútil». Y aunque pocos recuerden hoy a Möbius por estas palabras, aunque medien siglos y algunas zancadas, las conclusiones a las que apuntan siguen construyendo tapias.

Ese híbrido imperfecto en sus dos ambiciones en el que temí haberme convertido puso toda su fe en la palabra del doctor Bonaventura, que compaginaba las buenas nuevas con las malas. Podía ser madre mediante fecundación in vitro, pero mis ovarios eran árboles de escasos frutos y la tarea sería ardua. Empecé entonces un proceso de hormonación: cada noche me pellizcaba la barriga y con coraje pinchaba y dejaba que entrara el líquido vigorizante en mi cuerpo. Apenas fui capaz de proporcionar dos míseros ovocitos al proceso, por lo que las posibilidades de embarazo se redujeron drásticamente. Pero el doctor Bonaventura me aseguró que todo iría bien. «Alégrate, mujer». Lejos quedaban los remedios mágicos de las mujeres medievales, que se deshacían en ofrendas a las hadas de las fuentes o tocaban disimuladamente las piedras erectas de apariencia fálica para agasajar su vientre. A mí me cubrió la ciencia, y casi cien años después de que fertilizara el primer óvulo de conejo, el milagro de la probeta agarró en mi útero.

Un lunes por la mañana recibí en una llamada telefónica el veredicto del tratamiento que mi sangre había revelado: «Guárdate de beber vino. Estás embarazada».

Desde que supe que mi vientre era un vergel, me invadió una sensación de euforia aparejada con el pánico. Sabía que lo que había dentro de mí iba a crecer gracias a cada uno de los nutrientes que le diera mi cuerpo, pero me daba miedo que mis fantasmas lo alimentaran también, los cardos y las espinas que durante mucho tiempo temí que poblaran mi útero.

En la primera ecografía no era capaz de mirar a la pantalla. ¿Y si todo no era más que un espejismo? ¿Y si las palmeras y el agua que habían encontrado apenas cuatro semanas atrás se habían vuelto de nuevo desierto? El padre en cambio la miraba fijamente, y yo a él. Y de repente un latido. El de un corazón de carne que había demolido la piedra. «Aquí está el primero», dijo el médico. Y prácticamente lo dijimos al unísono: «¿El primero?». «Sí, estás embarazada de mellizos». Los dos únicos ovocitos que fui capaz de crear, esa escasez, era ahora abundancia. Entonces escuchamos el segundo, un tictac que me pareció que sonaba con un tono ligeramente distinto y a cuyo canto me habría unido si no fuera por la vergüenza. Pero la alegría duró poco. «El tuyo será un embarazo de riesgo», advirtió el doctor.

Y, sin embargo, en esa nueva espera cobré una fuerza inaudita: levanté las alas como águila, no había caminata capaz de fatigarme. Anticipándome al nacimiento, junté toda la ropa y enseres necesarios como quien junta arena del mar. Para saber el sexo del feto, decía Hipócrates, hay que mirar el cutis de la embarazada; si está en buen estado, será un niño; si, por lo contrario, está macilento y estropeado, nacerá una niña. No contaba el médico griego en casos como el mío: supe pronto que esperaba un niño y una niña, y la piel en mi cara resplandecía de una forma extraña. Ya en el siglo XVI, el anatomista francés Jacobus Sylvus seguiría la tradición hipocrática al anunciar que la matriz, pequeño mundo en sí misma, es doble y es en su parte derecha, donde la sangre tiene mejor temperatura, donde crece el más noble de los sexos, el masculino; el femenino se tiene que conformar con el izquierdo, más pobre y triste. Pero mi cuerpo decidió que lo haría al revés. La niña, a la que íbamos a llamar Sara, se encontraba situada verticalmente a la derecha, y su hermano, de nombre David, estaba echado en la parte izquierda. Según Sylvus y sus colegas, eso entrañaba un riesgo: esas mujeres viriles y autoritarias, esas que tenían la desfachatez de ocupar el espacio reservado a los hombres, habían sido concebidas por error en el lado derecho del útero. Y de eso se derivaba también que muy probablemente mi hijo iba a ser un macho afeminado, delicado y quebradizo como la madre que lo pariría.

Ya entrado el verano, que me dejó bañada en sudores, recibí una propuesta inesperada: me querían de candidata a las próximas elecciones al Congreso de los Diputados. Advertí de mi situación, les dije que no esperaba uno, sino dos bebés, que muy probablemente el inicio de la legislatura coincidiría con el fin de mi embarazo, pero mantuvieron en pie su oferta: te queremos ahí. Y el híbrido dijo sí a través de mis labios. Unas primarias acabaron de validar mi deseo, y me convertí oficialmente en candidata por Barcelona.

Aumenté mi actividad política y paseé mi torpe gravedad por parajes que jamás había pisado. Mientras participaba por primera vez en la redacción de un programa político, mis dedos fabricaban dos cuerpos, y la concreción de lo primero chocaba con el misterio de lo segundo. A menudo me preguntaba a qué estaría dando forma yo misma ese día. Los filósofos griegos entablaron una agria discusión sobre qué parte del cuerpo se crea primero: los estoicos sostenían que se forma todo al mismo tiempo; Aristóteles que, igual que la quilla de un barco, es la zona lumbar la que primero se instala; otros le otorgaban prioridad al corazón o la cabeza; pero la teoría que a mí más me convencía era la que aseguraba que todo empezaba por el dedo gordo del pie. Por ahí iba a comenzar yo mi edificio. Y lo quería redondo, rollizo, sano.

La campaña electoral empezó cuando yo ya llevaba siete meses de un embarazo difícil, con hemorragias que me habían conducido al hospital en diversas ocasiones, pero que a esas alturas habían calmado su fiereza. Para entonces ya había perdido la cuenta de los kilos que había ganado, aunque mi doctor me lo recordaba insistentemente. Me dolía cada milímetro de mí. «Es normal —me decía—, el cuerpo no está diseñado para esto». La barriga era descomunal, de una grandilocuencia inaudita. Según una leyenda de un pueblo chino de las montañas de Yunnan, los pumi, en tiempos ancestrales eran los hombres los que parían, pero se embarazaban en la pantorrilla. El problema era que allí el feto no tenía espacio para crecer, y daban a luz a seres muy pequeños, una especie de sapos que jamás superaban el tamaño de un conejo. Tuvo que trasladarse la función al vientre de las mujeres, que, como yo misma pude comprobar, tenía una capacidad insólita para ensancharse, lo que hacía que nacieran humanos fuertes, dispuestos a ganar cualquier guerra.

El acto de presentación de la campaña empezaba de noche y se extendía más allá de las doce de la madrugada, con la tradicional pegada de carteles. Yo iba a ser una de las oradoras, y para eso me había preparado un breve discurso que versaba sobre qué futuro quería para mis hijos, tal como me habían sugerido. El recinto estaba atestado de cámaras, porque las encuestas nos auguraban ya un gran resultado, y yo no había hablado nunca ante tanta gente. Cuando llegó mi turno, me ayudaron a subir al escenario. Tenía miedo a caerme, a hundir esa tarima de madera y provocar un espectáculo de vísceras y desgracia. Pero di el discurso sin casi atisbo de vacilación, con una contundencia cercana a la de mi barriga. Esa noche soñé que daba a luz. Paría a un niño, a dos, y, cuando ya me iba a levantar y poner el abrigo para marcharme, me gritaban desde dentro: «¡Aguarda!». Y entonces empezaban a salir, uno detrás de otro, un ejército de bebés al que solo puso fin el grito con el que desperté.

El humanista renacentista Giovanni Pico della Mirandola dejó testimonio de una mujer llamada Dorotea que parió en dos veces a veinte hijos. Un libro de anatomía recogió el singular caso y retrató a una Dorotea embarazada de once fetos, con un vientre tan descomunal que, para evitar arrastrarlo por los suelos, sostenía con una gran cinta prendida del cuello. Esos días de campaña yo me convertí en una Dorotea moderna, una diosa de terracota de pechos turgentes, cuerpo de hipopótamo y cola de cocodrilo. Ante mi visión, la bestialidad de la vida no se podía esconder con el viaje de una cigüeña ni el nacimiento bajo la col. Ni siquiera yo tenía poder sobre lo que pasaba en mi cuerpo, cómo iban a tenerlo los otros.

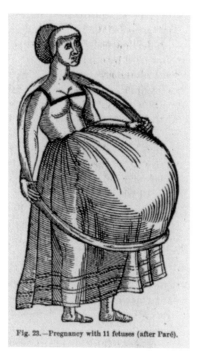

Fig. 23.—Pregnancy with 11 fetuses (after Paré).

Esos barrigazos con los que me abría paso causaban desmayos de admiración, sobre todo entre las mujeres mayores, que me decían escandalizadas: «Oh, y cómo lo vas a hacer cuando tengas que ir a Madrid». Ellas sabían bien formular esa pregunta, al fin y al cabo, se la han hecho un poco todas las madres a lo largo de la historia. Cómo lo voy a hacer, se han dicho millones a sí mismas, igual que me decía yo en silencio, mientras aparentaba tenerlo todo bajo control. Y, tan poco controlado lo tenía, que pocos días antes de acabar la campaña mi columna vertebral dijo que no había cinta capaz de cargar tanto peso, la espalda sucumbió y el cuello del útero empezó a dilatar de forma apresurada. Pese al reposo que mantuve amarrada a la cama, el mismo día de las elecciones, a las seis de la mañana, rompí aguas. Aunque los médicos trataron de evitar con pócimas varias un parto prematuro durante toda la jornada, David y Sara habían tomado una decisión y nadie iba a hacerles cambiar de idea. Casi a medianoche, cuando los comentaristas políticos se preparaban ya para regresar a casa, alumbré a mis mellizos.

En el siglo XIX, un legislador de Massachusetts proclamó: «Conceded el sufragio a las mujeres y tendréis que construir manicomios en todos los países y establecer un tribunal de divorcios en cada ciudad. Las mujeres son demasiado nerviosas e histéricas para entrar en política». Cuánto le hubiera gustado a ese hombre conocerme justo después del parto, cómo habría disfrutado de la visión de una mujer, diputada y madre, en la cúspide de su reconocimiento y madurez, venirse abajo. Ese señor distinguido, vestido en un impoluto traje de lana, me mira burlón desde un rincón de la habitación en la que despierto al amanecer. Han pasado pocas horas desde que di a luz y, al levantar los párpados, me sorprende el fuego boreal que entra por la ventana.

Justo en ese momento me aplasta la certeza de que algo no va bien. Cualquier cosa que pase en los siguientes segundos va a servir para demostrarlo. Me levanto y la habitación me parece mucho más lóbrega que ayer. Es austera y una cortina me separa de la cama de otra mujer a la que adivino durmiendo plácidamente. Me dirijo al baño. Al sentarme pesadamente en el retrete noto que un líquido frío me recorre la espalda. Miro arriba y el falso techo está completamente seco. Rezo para que sea sudor. Pero al tocarme constato que un manantial fluye en la parte trasera de mi cuerpo. Llevo un camisón blanco de mi abuela, con elaborados bordados que están ahora empapados. Me abalanzo sobre el interruptor. Una luz sulfúrea inunda la estancia. Me miro con terror al espejo desgastado, retorciéndome para ver la espalda entera. Parece agua, líquido transparente, pero si me acerco intuyo un color escarlata que cada vez se revela más evidente. Con el pulso acelerado y el camisón pegado al cuerpo, regreso a mi parte de la habitación, que el sol ha inundado con rayos rojizos que descubren paredes cubiertas de papel hecho jirones. Caigo a plomo en la cama y todo tiene manchas carmesíes: la ropa de cama antes blanca, las bóvedas encaladas. No tengo duda de que mi cuerpo se desangra por la punción de la epidural y lo inunda todo. Temblando, acierto a pulsar el botón para llamar a la enfermera. Mientras la espero, descubro mi cuerpo bajo las sábanas. Lo que antes eran vulgares pecas son ahora máculas inmundas que auguran un futuro sombrío.

Una niebla espesa emborrona el recuerdo de las horas siguientes. Con el tiempo, y gracias a mi historial médico, he podido reconstruirlas. «Paciente por posparto inmediato avisa por sensación de humedad alrededor del punto de la punción de la epidural. Apósito totalmente mojado, al retirarlo observo salida de líquido transparente constante. Aviso a ginecología y anestesia», anotó la enfermera que respondió a mi llamada.

La primera doctora que acude a la habitación, ginecóloga, me realiza un examen que muestra ausencia de patología relacionada con la punción. «Respondo a las preguntas de la paciente y familia intentando desangustiarlas». Nos explica que muy probablemente se trate de un incidente banal, pero que procede a llamar a anestesiología para asegurarnos y que nos quedemos tranquilos. Afirma con convencimiento que no presento la sintomatología de ninguna de las complicaciones vinculadas a la epidural y el líquido ya ha dejado de fluir, pero yo no estoy en disposición de creerla.

En un lapso en el que no acierto a moverme más allá de los temblores, aparece una anestesista. «Se retira apósito de punción epidural, apósito limpio, mínimamente humedecido, se le enseña a la paciente». Constata que no hay síntomas clínicos preocupantes, por lo que no recomienda ningún tratamiento. Pero sus notas se centran en mi estado de ánimo: «Manifiesta miedo y angustia incoercible a tener complicaciones y secuelas. Le explico la situación, el plan terapéutico y las posibilidades de pedir ayuda en cualquier momento, sin que ello haga disminuir el miedo que muestra verbalmente y llorando desconsoladamente. Se solicita interconsulta con psiquiatría».

Pasan unas horas en las que me niego a despegarme de ese lecho de tristeza en el que he convertido la cama. Tomás, mi madre y mi suegra intentan convencerme de que todo va bien. Yo solo acierto a negar con la cabeza. Me piden que vaya a ver a mis hijos, cuatro plantas más abajo, pero estoy pegada a ese colchón teñido de un bermellón que nadie ve. Cada cierto tiempo entra una enfermera, me retira el apósito y me lo muestra, «apósito seco», anotan repetidamente en el historial, seguido de alguna observación psicológica: «acongojada», «pregunta obsesivamente por posibles complicaciones», «ansiosa». Mientras lo hacen, yo les señalo insistentemente a la pared, a una grieta que sube en zigzag desde el zócalo hasta el cielo. Apenas era visible cuando he despertado, pero ahora su profundidad me grita desde el trémulo destello que la ilumina. Me repiten que lleva ahí mil años y que no pasa nada. Pero yo temo que su fuerza hunda el tejado de este edificio repleto de madres y recién nacidos.

Poco después de rechazar la comida que me traen al mediodía, llega la psiquiatra. Desde el marco de la puerta, les pide a Tomás y a mi madre que salgan de la habitación. Mientras avanza hacia mí su bata se mueve con un viento inexistente. Se sienta al pie de la cama y antes de que pueda dirigirme la palabra, me rompo en un cavernoso llanto y le digo que voy a morir, y no puedo morir, tengo dos hijos. «Ya no puedo morir —le grito—. Soy madre».

A mediados del siglo XIX, un abrumador número de mujeres de muy diferente posición y bagaje empezaron a llegar alteradas y descompuestas a los manicomios británicos. Hacía poco que habían dado a luz y sufrían una serie de trastornos nerviosos, desde violentos delirios hasta profunda melancolía, para los que los médicos no tenían respuestas ni precedentes. Algo desconocido, una locura inédita hasta la fecha, se desataba como una legión de demonios dispuestos a despedazar la santidad del hogar victoriano.

En 1864, una mujer que respondía a las iniciales B. C. fue conducida por sus familiares hasta el Royal Edinburgh Asylum, el mayor manicomio de Escocia. Esta dama casada, naturalmente amable y alegre, madre de cinco hijos, había sido víctima de una hemorragia considerable el séptimo día de posparto. En cuanto se tumbó en la cama, la hemorragia cesó, pero empezaron los síntomas maniacos. Según el historial médico, al ingresar estaba tan débil que se la consideró casi moribunda. A la vez mostraba una terrible excitación, lo que causó gran asombro por la magnitud del escándalo que podía armar alguien tan frágil. El rostro estaba pálido; los ojos, salvajes y fijos. «Su manía era de la descripción más bestial, deliraba incoherentemente y decía que había dado a luz a perros en lugar de a niños, reconocía a viejos amigos en los extraños que ahora la rodeaban, gritaba que su comida estaba envenenada y señalaba objetos imaginarios». A las puertas del manicomio, grabadas en piedra, podían leerse las famosas palabras de Juvenal: «Orandum est ut sit mens sana in corpore sano». No sabemos si la oración o la psiquiatría pudieron hacer algo por ella, porque su rastro se perdió en los archivos de la historia.

Sí sabemos qué fue de Eliza Gripps, que, al otro lado del país, al sur de Inglaterra, ingresó en el lujoso y exclusivo manicomio de Ticehurst, cuatro años antes. Llegó de la mano de su tía después de un complicado primer parto y de que asustara a toda la familia con una actitud tozuda y unos hábitos sorprendentemente sucios: «Vaciaba la orina por la casa y manchaba la ropa de cama con heces». Las notas de su ingreso son una retahíla de terribles delirios: «Piensa que todavía existe la misma conexión entre ella y el bebé que cuando estaba en el útero, que su estado de salud afecta al bebé, también lo que come, piensa que le afecta incluso la acción de sus propias funciones corporales. Por ejemplo, si el niño está lejos de ella, comerá sin moderación, para que él pueda alimentarse a través de ella durante su ausencia. También cree que cuando obedece a la llamada de la naturaleza, está poniendo en peligro la vida del bebé, y en consecuencia restringe la acción de las entrañas. Afirma que sus sirvientes tienen el poder de enloquecerla, que pueden producirle dolor interno a placer y que son la causa de que se le caiga el cabello, de la debilidad de la espalda y de la deformidad de los dedos de los pies».

Unos meses después, el estado de ánimo de Eliza se estabilizó, era más dócil y charlaba con las otras damas, se dedicaba a la costura y al ajedrez, pero seguía profundamente angustiada por la separación de su hijo y guardaba a escondidas comida para él. Con el tiempo, esos estados de ánimo se fueron alternando con episodios de manía, en los que se ponía violenta, rechazaba la comida e intentaba retener las heces. Mostró siempre un afecto desgarrador por su hijo, hablaba constantemente de él y expresaba el deseo de volver al hogar para cuidarlo. Una noche de fin de año se negó a irse a la cama, convencida de que «su carruaje iría a recogerla para llevarla a casa con su hijo». Pasó la noche en vela pero, desde su ingreso hasta su muerte nueve años después en el mismo manicomio, nunca volvió a verlo.

No todas las historias tuvieron un final trágico. La de Margaret Steele es un halo de esperanza. Fue conducida al manicomio de Edimburgo en 1855 en un estado lamentable doce semanas después de su tercer parto. Vociferaba que el diablo se había llevado a sus hijos y que su alma estaba perdida. Caminaba de un lado al otro del pasillo retorciendo las manos y llorando. Se negaba a comer. «Es víctima de los delirios más infelices. Imagina que la carne que come está compuesta por los cuerpos de sus hijos asesinados». Fue tratada con morfina y alimentada a la fuerza con caldo de ternera. Poco a poco fue mejorando y un año después decidieron llevarle a sus hijos de visita. Ante la atónita mirada de los trabajadores del hospital y su marido, al verlos Margaret negó que fueran ellos, mientras aseguraba entre lamentos que habían sido asesinados. «Han matado a mis pequeños», gritaba. Tardó un año en ser capaz de verlos «sin efectos adversos» y poder irse felizmente a casa con ellos.

La mujer más importante de Inglaterra, la madre de la patria, la mismísima reina Victoria, sucumbió a los trastornos nerviosos asociados al parto. De ello se hicieron eco los médicos victorianos, preocupados por cómo podía afectar a otras mujeres ese ejemplo. Después del nacimiento de su segundo hijo, sufrió un episodio de angustia y desaliento del que el secretario personal del príncipe Alberto dio cuenta por escrito: la reina estaba extremadamente decaída, «debo decir que Su Majestad se interesa cada vez menos por la política». Sus malestares emocionales nunca fueron extremos, amortiguados sin duda por su riqueza y rango. Pero la gobernante del mayor imperio de la historia, reverenciada, temida y adorada en todo el mundo, nunca olvidaría el sufrimiento y el estado de sumisión en el que la puso la maternidad. En una carta a su hija, la princesa real, en referencia al parto de su nieto, escribió: «Espero que tu marido esté debidamente conmocionado por tus sufrimientos, porque esos hombres tan egoístas no aguantarían ni por un minuto lo que nosotras, pobres esclavas, tenemos que soportar».

«Locura puerperal», «manía láctea», «melancolía de embarazo» o «locura de lactancia». Muchos fueron los términos con los que se trató de poner veda a este nuevo fenómeno: un trastorno escandaloso, al que los emergentes campos de la obstetricia y la psiquiatría destinaron titánicos esfuerzos. Robert Gooch, médico obstetra británico, fue el primero en escribir sobre él en 1820 en su influyente tratado *Observations on Puerperal Insanity*: «Cuando se produce la locura puerperal, la paciente blasfema, grita, recita poesía, suelta obscenidades y monta tal alboroto, que parece que el diablo se ha instalado en casa».

La locura puerperal desafió la hegemonía de la ideología doméstica. Las mujeres abandonaban sus tareas, retaban a sus maridos, rompían la vajilla y rasgaban las ropas; violentas y sucias, deambulaban por las calles y se mostraban sexualmente descaradas. Sufrían explosiones de ira, pero también eran capaces de quedarse ensimismadas, como estatuas petrificadas por sus propias culpas. Entonces ningún objeto, por bello que fuera, despertaba sus sentidos, ninguna música era capaz de avivarlas. Fue la ferocidad de la manía lo que más sorprendió y protagonizó la mayoría de los estudios; sin embargo, los médicos observaron que la melancolía era más difícil de curar, serpenteante y traicionera.

Las nuevas madres eran un fracaso viviente del modelo de mujer victoriana, un espectro distorsionado de sí mismas. Se les extraía la leche de los pechos, se las alimentaba como a bebés con cucharas y sondas, y en los historiales se hacía referencia a ellas como si estuvieran en un estado de permanente obstinación infantil. Ya no conservaban nada de ese don innato de hacer de la casa un remanso de paz y moralidad que toda madre debía poseer.

Esa misma Inglaterra que vio crecer fábricas descomunales y ciudades rebosantes de modernidad, la misma que diseñó los grandes transatlánticos y los ferrocarriles que habían de ser el epítome del progreso, puso coto a las mujeres con la construcción de la cultura de las dos esferas, que encerraba a la mujer en casa mientras el hombre ocupaba el espacio público a sus anchas. Los tiránicos tópicos de la maternidad, escondidos bajo el ideal del «ángel del hogar», ese ser bueno, puro y abnegado, fueron el cemento necesario. La cuna del capitalismo moderno lo fue también del prototipo de la buena madre, cuya siniestra sombra se proyecta aún hoy sobre los paritorios de todo Occidente.

Desde finales del siglo XVIII se había estado fraguando un cambio en la forma de controlar a las mujeres: de una lógica religiosa se pasó a una biomédica, en la que las vetustas sotanas se cambiaron por estetoscopios. Como Yahvé a Eva, la nueva élite médica le dijo a la mujer que su deber era parir con dolor, y que en su biología estaba la apetencia hacia el marido y la sumisión. Pero no se le permitió olvidar que había nacido de una costilla, un hueso curvo, retorcido e imperfecto, y que todo en ella era debilidad. Y los anatomistas ofrecieron pruebas de ello. Según estos, todo el cuerpo femenino estaría pensado para la maternidad, y todo en él sería fragilidad. Los huesos serían más pequeños y blandos que los del hombre, y la caja torácica, más estrecha. La pelvis, ancha y curvada para contener al feto, provocaría una oblicuidad en los fémures que dificultaría la marcha, porque las rodillas chocarían. Las caderas se balancearían para encontrar el centro de gravedad, el paso sería vacilante e incierto. Los tejidos, esponjosos y húmedos, y los músculos, flácidos y finos, se expandirían para envolver al bebé. El cerebro sería pequeño. La piel, fina y frágil, albergaría grandes ramificaciones de vasos sanguíneos y nervios, lo que le conferiría una sensibilidad exquisita. Aplastada bajo la obligación de la perpetuidad de la especie y martilleada con pruebas empíricas de que en su naturaleza estaba el desorden y el fracaso, la esposa victoriana afrontaba la maternidad con una incertidumbre atroz.

Los alienistas que trataron la locura puerperal hicieron frente a un reto descomunal: no se trataba solo de curar a una mujer, sino de curar a la familia, que la trastornada volviera a ser madre y esposa. En sus manos estaban los fundamentos de una forma de organizar el mundo. Las aguas mansas de la sociedad victoriana amenazaban con desbordarse agitadas por la locura, y ellos eran los encargados de mantenerlas en su cauce. Pero quién puede encerrar el océano en un paño.

El alienista británico George Man Burrows describió en 1828 lo que sucede el día después de mi parto en la cuarta planta de un edificio de maternidad barcelonés en pleno siglo XXI: «Anticipando con cariño la alegría, quizás de su primer hijo, la amada esposa se resigna pacientemente a todas las molestias y limitaciones del embarazo, por fastidiosas que sean, y a los dolores y peligros del alumbramiento, por grandes que sean. El afectuoso esposo y los parientes esperan con profunda y ansiosa expectativa el acontecimiento; y, finalmente, cuando llega el alegre momento y la felicidad de todos se completa con un parto seguro, de qué manera más espantosa se invierte la escena, cuando la madre feliz muestra repentinamente síntomas de delirio».

El diablo campa a sus anchas por mi habitación y, según el historial, ninguna autoridad médica es capaz de echarlo. De nada sirve que me enseñen cada poco el apósito sin atisbo de humedad. «La paciente se muestra vigil, consciente y orientada, pero con pensamiento obsesivo hipocondriaco. Ansiedad elevada». La psiquiatría victoriana pensaba que este tipo de estados estaban influenciados por una fuerte acumulación de sangre en la cabeza, y afeitaban el pelo de las mujeres o les aplicaban frío en el cráneo para que disminuyera el calor y el flujo sanguíneo corriera libre a otras partes de su cuerpo. Pero fue también la Inglaterra decimonónica la que asentó la llamada terapia moral, promovida por el mercader de té cuáquero William Tuke en el asilo York. En ese idílico edificio de ladrillo y tejados de pizarra, rodeado de pastos y jardines bucólicos, se eliminaron las cadenas y se prohibió cualquier forma de violencia. Porque la locura ya no era una pérdida de la razón de tintes fantásticos, sino una experiencia brutalmente humana, una desviación del comportamiento socialmente aceptado, y la misión del manicomio no era aprisionar al lunático sino domesticarlo. Por ello, todo el empeño se puso en reeducar sus hábitos sucios y obscenos, su improductividad y vagancia, su falta de autocontrol y modestia. Los manicomios se parecían más a escuelas infantiles que a oscuras mazmorras, y se organizaban siguiendo el modelo de una respetable familia: el alienista superintendente y su esposa desempeñaban los papeles de padre y madre, las enfermeras de hermanas mayores y los pacientes eran los niños a los que educar. El bordado, la cocina o los trabajos en la lavandería fueron piedras angulares en la restitución de la mujer al justo decoro y piedad.

Para mí no hay tiempo para el punto de cruz, y la ciencia hoy perjura que más que acumulaciones de sangre lo que mueve el ánimo en nuestros cerebros son neurotransmisores de nombres hipnóticos. En mi caso, además, la brutal caída de las llamadas hormonas placentarias después del parto puede estar detrás también de mi malestar. «Se recomienda tratamiento con paroxetina», anota la psiquiatra en el historial con firmeza.

La paroxetina es un antidepresivo de segunda generación, descendiente directo del primer antidepresivo, la isoniazida, un medicamento usado inicialmente para tratar la tuberculosis cuyos efectos contra la depresión fueron descubiertos casualmente. En 1952, en el Sea View Hospital de Nueva York, varios pacientes tuberculosos tratados con este fármaco empezaron a mostrar una inusitada vitalidad y euforia, ante el asombro del personal médico y los periodistas que se agolparon para dejar fe del suceso. Una fotografía de periódico muestra un año después estos efectos. En ella se ve a varios residentes en lo que parece una fiesta llena de optimismo. El pie de foto reza: «Hace unos meses, aquí solo se oía el sonido de las víctimas de la tuberculosis, escupiendo su vida con la tos». Otro medio informó de que «los pacientes, a pesar de tener agujeros en los pulmones, bailan por los pasillos».

El filósofo Michel Foucault afirmó que el tratamiento psiquiátrico victoriano fue una forma de «prisión moral gigantesca». No sé si el fármaco que me van a administrar va a ser celda o alas, pero lo que está claro es que las drogas psiquiátricas han revolucionado nuestro mundo. El consumo de antidepresivos es hoy tan exagerado que se cree que puede llegar incluso a afectar a los ecosistemas. Porque las cantidades que excretamos quienes los tomamos están empezando a filtrarse al medio ambiente. Según un estudio reciente, los cangrejos de río expuestos al agua contaminada con antidepresivos son más temerarios: emergen más rápido de sus guaridas, pasean sus pinzas sin miedo a los depredadores y pierden la noción del tiempo que pasan buscando comida. Serán presas más fáciles pero morirán saciados, imagino, aunque el estudio no dice nada sobre eso.

En mi caso, la temeridad que se espera que realice con este nuevo impulso es olvidar que la guadaña pende sobre mí, bajar a neonatos y mirar a mis hijos obviando la obsesiva voz que me repite que un día ya no podré verlos. En definitiva, que baile mientras toso la vida con los pulmones taladrados. Pero para mi angustia, el hierro es paja y el bronce, madera podrida.

El historial sitúa a las seis en punto de la tarde el momento en que salgo de la habitación para adentrarme en el camino a la sección de neonatos. Con paso trémulo, recorro pasillos oscuros e intrincados cuyas ventanas parecen nichos en los que solo hay oscuridad. Cuando abro esa puerta que pesa siglos y en cuyo chirrido me parece oír el lamento de mil madres, una sala poblada por decenas de monitores se abre ante mí. Pienso en un cortocircuito. En el tropezón de un médico. En la vida que cuelga del hilo de un cable. Y la sombra de la muerte que me acompaña se proyecta en toda la sala.

Las enfermeras me miran. Sin duda, hacen cábalas sobre la hora que es y mi ausencia precedente. Yo arrastro el camisón que me ha dejado el hospital; ni toda la lejía del mundo sería capaz de limpiar las manchas del que yo traía. Me avergüenzo de mi semblante cadavérico, de mis ojos inyectados en sangre por el llanto constante, de mi mano que se niega a despegarse de la espalda para comprobar constantemente el estado del apósito. Tomás me mira desde una butaca ajada situada entre dos cunas y hace un gesto con ambos brazos. Mujer, ahí tienes a tus hijos.

Me dirijo hacia allí y la luz que desprenden los mellizos me deslumbra. Todo parece fundirse a negro, menos ese resplandor de sol en plena canícula que ahora me ilumina. Cuando mis ojos se acostumbran, veo a dos seres diminutos, semillas de mostaza, que más que niños se me asemejan a peces de mil tonos rojizos, como a medio hacer, que baten sus extremidades para nadar en un agua inexistente. Me acerco para comprobar que, efectivamente, respiran, aunque sea por sus branquias.

David tiene más apariencia de prematuro, lo que paradójicamente le da un aire a señor viejo. Sara parece más acabada, con una nariz respingona que apunta al cielo. Los ojos azul claro de Sara contrastan con la oscuridad negra de los de David, que brillan como el filo de dos espadas. Por su piel corren ríos púrpuras. Las encías desdentadas exhiben un carmesí intenso. Sus mejillas son cachos de granada, y el escaso pelo que los corona, lana dorada. Esas rodillas perfectamente redondas y diminutas brillan como un montón de trigo bajo los rayos matutinos. Tengo el arcoíris frente a mí y solo pienso en la muerte.

Me siento como si me vistieran gusanos, mientras ellos lucen ropajes de un blanco puro que desprende el aroma de un campo fresco. Pero lo que les cubre no es suficiente. Yo querría ponerles una armadura de escamas que les resguardara de cualquier anomalía del sonido a constante vital, de la inclemencia de esos cables que amenazan con no soltarlos nunca.

La enfermera se dirige a mí. Me dice que están bien, que la pediatra bajará a hablar conmigo como ya ha hecho con su padre. Y me repite lo que ya me ha contado él, que solo necesitan ayuda para regular la temperatura, que de momento no requieren sonda para alimentarse, y que puedo darles el pecho. Con una voz plúmbea que me sobresalta a mí misma, le digo que creo que no tengo leche, ni una gota.

Me invita a tomarlos en brazos. Y lo hago. Mi primera labor como madre consiste en cambiar un pañal. La enfermera se acerca para enseñarme cómo hacerlo y entonces me lo dice: «Ya han hecho el meconio». La palabra reverbera en mi cabeza. Durante días, meses. Seis años después sigue persiguiéndome.

En la *Historia Animalium*, Aristóteles cuenta que ya las mujeres griegas usaban este término para referirse a las primeras heces del recién nacido. El vocablo deriva del griego *mēkō-nion*, un diminutivo de «amapola» que hace referencia al jugo oscuro de dicha flor. El meconio es de ese mismo color, alquitranado, viscoso y pegajoso. Está formado por los materiales ingeridos durante el tiempo que el bebé pasa en el útero: células epiteliales intestinales, lanugo, moco, líquido amniótico, bilis y agua. Es algo aparentemente repulsivo, pero de alguna manera constituye el último vestigio observable de la presencia de los bebés dentro de mí. Y me lo he perdido. No haber visto el meconio consta también una innegable realidad: no he estado con mis hijos en sus primeras horas de vida. Porque estaba loca, lidiando con Lucifer, cuatro plantas más arriba. Y entonces parece levantarse una leve brisa que se va volviendo viento y me golpea las mejillas con los galones de la historia.

El rostro de una madre es el rostro del mundo. Ese es el sólido castillo que ha construido sobre pilares aparentemente científicos la psicología desde mediados del siglo XX. Cuando David y Sara me miran no ven mi cara alargada, hoy demacrada. Mi cara es la faz del universo, y aquí se desencadena el pánico: «Si el lactante no vislumbra la mirada materna dirigida hacia él, sino que la capta como algo rígido, muerto, frío, ausente, el mundo se le aparecerá también cerrado, impenetrable y distante».

Según el prestigioso psicoanalista Massimo Recalcati, yo les estaba entregando a mis hijos un mundo muerto. Y no solo eso, porque Recalcati afirma que, al igual que en las cajas chinas, el rostro de una madre contiene el rostro de su propia madre. En mi caso, el peso no solo recae sobre mí, sino sobre mi madre y las limitaciones de una educación bajo la dictadura, sobre mis abuelas y sus penurias durante la guerra, también sobre sus madres y las miserias que sufrieron en el campo, y así en una sucesión sin fin que abarca a todas las madres de la historia. Una mancha, una falla en cualquiera de nosotras, y la ruina se desata.

Una mujer embarazada acude a un famoso psicoanalista para que le aconseje cómo criar a su bebé para que sea feliz. Este le responde: «Vuelva dentro de cuatro años y le diré todo lo que ha hecho mal». Si yo fuera la protagonista del chiste, ni siquiera tendría que esperar tanto.

En el siglo XX, cuando el mundo sintió cómo menguaba el pánico a la mortalidad infantil, llegó una nueva amenaza para las frágiles criaturas: el inconsciente de las madres, su libido, narcisismo, pulsiones, emociones, miedos, obsesiones. La casuística no conoce límites, pero siempre contiene la palabra «demasiado».

Las nuevas advertencias de la psicología siguieron los pasos de las ya anticuadas teorías religiosas y anatómicas. En parte fue un estallido de optimismo, de amor a la infancia, un deseo de hacer un mundo mejor. Pero es difícil no sospechar que bajo ese baño de oro permanecía el mismo conocido metal. Porque cada vez que los expertos se centran en la psique de los niños, su reflejo es juzgar a las madres y encontrar sus fallas. Y sus veredictos apuntan a que es precisamente el comportamiento de las madres que desafían las convenciones la fuente primaria de daño infantil.

Una mañana de diciembre de 1868, Jane Duncanson, un mes después de dar a luz a su tercer hijo, decidió cerrar su boca para siempre y no volver a probar bocado. Ante esa obstinación suicida, sus familiares la condujeron al manicomio de Edimburgo. Allí contaron a los médicos que hacía pocos días, a causa de un resfriado mal curado, había desarrollado un absceso en el pecho que no le permitió seguir dando de mamar a su hijo, que pese a todo se encontraba en perfectas condiciones. «He asesinado a mi hijo», le gritaba ella, desconsolada, al alienista.

Como ella, fueron muchas las pacientes que llegaron a los manicomios ingleses victorianos asegurando haber cometido crímenes terribles que habían provocado el horror. De lo que más se lamentaban era de haber dañado a sus criaturas, por lo que se negaban a mirarlas o acercarse a ellas. No querían ver el fruto de sus atrocidades. Algunas creían que ya habían sido juzgadas y condenadas, y que en lugar de en un manicomio vivían en una inmensa prisión. Pero no les bastaba. Sabían que nunca podrían pagar por sus terribles crímenes. Las madres solteras deliraban sobre maridos inexistentes o bodas inminentes de las que nadie sabía nada. Muchas de ellas hacían del príncipe de Gales, el símbolo de la masculinidad por excelencia, el protagonista de sus desvaríos, y lo acusaban o de ser el despiadado padre de su hijo que ahora quería desentenderse, o de ser su prometido y salvador, listo para llevarlas a palacio.

Al día siguiente de haber enloquecido, la ginecóloga acude de nuevo a verme. Me realiza una revisión rutinaria que incluye apretarme los pechos para ver si de mis pezones brota líquido. El historial deja constancia de que hemos encontrado oro: «Mamas de aspecto normal. Calostro bilateral». La doctora me sugiere que trate de sacarme leche con un aparato que hay en una sala contigua, pues muy probablemente los niños todavía no podrán agarrarse y succionar.

El artilugio que debe muñir mis pechos me resulta arcaico. Pero estoy dispuesta a todo para darles esas defensas que van a ser su coraza. El autor de best sellers médicos decimonónico William Buchan aseguraba que, si todas las mujeres diéramos leche en cantidades ingentes a nuestros hijos, podríamos poner fin a los crueles estragos de la muerte en los primeros años de vida: «Todo niño, vigorizado por la leche de su madre, tendría, como el joven Hércules, fuerza suficiente para estrangular en su cuna a las serpientes que pudieran asaltarlo». Yo quiero eso para mis hijos, que aplasten los reptiles que les acechan por los boquetes de la incubadora, pero después de un largo rato ordeñando, apenas he cubierto el culo del biberón. La diosa Hera derramó la abundancia de sus pechos y creó la Vía Láctea; el fruto de los míos, en cambio, tiene que mirarse con lupa.

Bajo a neonatos y con la mirada en el suelo les enseño a las enfermeras esa escasez. «Aquí no se desperdicia nada», me animan. La ponen en una jeringuilla y me invitan a tomar a uno de mis hijos en brazos y dárselo. Cuando lo hago, sus labios se redondean ávidos y se agarran fuerte a la boquilla, pero en menos de un segundo la han devorado. Y para el otro ya no queda nada. Paso el resto del día entre la sala de lactancia y la de neonatos, donde estudio cada movimiento de mis hijos. El silencio que me había precedido se torna ahora en una pregunta constante para la que las enfermeras y doctoras que van entrando no siempre tienen respuesta. El apósito está seco, pero lo impredecible puede inundar el mundo.

A lo largo de la historia han sido muchos los lunáticos que, como Atlas, han creído cargar con el mundo a sus espaldas. El médico bizantino Alejandro de Tralles dejó constancia del caso de una mujer que decía sostener con el dedo gordo de la mano el universo entero. Por ello lo mantenía siempre erguido. Lloraba asustada, temerosa de que, si lo doblaba, aunque solo fuera un poco, todo perecería. Este tipo de pensamientos, opinaban los médicos, se debían a la pesadez del humor melancólico, que al oprimir el cerebro provocaba la sensación de llevar una gran carga física. A eso se sumaba la debilidad de los locos, para los que todo peso era demasiado.

Por la noche le pido a Tomás que hablemos. Quiero contarle que sostengo el mundo en mis manos, aunque él no lo vea, que la vida y la muerte están a la distancia de un pezón seco, un apósito mojado, un cable que se calienta demasiado. Me consta que la psiquiatra ha hablado con él, que le ha contado que lo que me sucede puede ocurrirles a las nuevas madres, que no hay que presionarme, que me recuperaré. Pero él sigue apostado en su glaciar.

Salimos de la habitación para dar un paseo. El edificio de maternidad del hospital de Vall d'Hebron es una especie de torre redonda, y pronto empezamos a andar en silencio en círculos. De las paredes parecen colgar antorchas que producen una luz tenue, pero no importa, prácticamente no nos miramos a la cara. En cualquier momento, de cada recoveco podría salir un murciélago o un escorpión, y eso no conseguiría aumentar mi congoja.

El primer sanatorio exclusivamente para locos de la Europa continental se inauguró en Viena en 1784. Era una torre circular de piedra llamada Narrentrum, la Torre de los Locos. Pese a la dureza de su apariencia, según la historia de la psiquiatría fue de los primeros lugares en que los pacientes eran tratados con cierta humanidad. Solo los considerados peligrosos eran atados, y al resto se les dejaba pasear por cada una de las cinco plantas que lo formaban. Deambulaban en círculos, como Tomás y yo ahora mismo, como la conversación que tenemos, como la propia locura. Nos sentamos en las escaleras. «Hay dos niños que te necesitan», me dice. Las lágrimas de Tomás y las mías entran a formar parte de esta inmensa ceremonia circular en la que cada vez orbitarán más objetos. Y no hay forma de hacerlos salir.

La Torre de los Locos fue mandada construir por José II, emperador del Sacro Imperio Romano Germánico. Circulan muchas leyendas acerca de su relación con la masonería y otras sociedades secretas, algunas relacionadas con la Torre. Se dice que los números vinculados al diseño del edificio respondían a mensajes ocultos. Por ejemplo, cada piso tenía veintiocho habitaciones que albergaban a otros tantos lunáticos, los mismos días que el ciclo lunar. En el último piso de la Torre, había una pequeña habitación octagonal donde se supone que José II pasaba horas, aunque se desconoce qué hacía exactamente. Una teoría es que el emperador creía que los locos estaban dotados de una energía extremadamente poderosa, tanto, que eran incapaces de retenerla. La energía, entonces, se escapaba en una corriente ascendente que llegaba hasta lo alto de la Torre, donde el emperador la absorbía.

Pienso ahora mismo dónde está mi energía. La energía aún adolescente con la que deseaba a Tomás cuando lo veía en la Filmoteca con apenas diecinueve años. Esa energía con la que invertí las convenciones para plantarme delante de él y decirle que me gustaba cuando ya en la treintena me lo crucé una verbena de San Juan. Esa energía con la que nos enamoramos y fuimos a vivir juntos pese a la colisión constante de temperamentos. Esa energía que nos mantuvo unidos durante años contra todos los pronósticos, incluidos los nuestros. Esa energía con la que decidimos ser padres y nos enfrentamos a la infertilidad y a mi ansiedad, que ya asomó la cabeza durante la dulce espera. Ahora que ya tenemos a nuestros hijos, ahora que los doctores dicen que todo está bien, ahora va un emperador y me la quita.

Visité la Narrentrum un verano que pasé en Viena estudiando alemán. En la actualidad alberga el Pathologisches-Anatomisches Bundesmuseum. La visita, guiada, la realizan estudiantes de medicina, que con sus batas blancas te llevan por las antiguas habitaciones de los locos, ahora repletas de cuerpos y partes humanas con anomalías y deformidades conservadas en formol. Recuerdo especialmente el cuerpo de un niño dentro de un frasco. La estudiante nos dijo que padecía una enfermedad dermatológica llamada ictiosis, en la que las células de la piel se acumulan formando escamas. Parecía un pez.

En los días siguientes miro a mis hijos y me parecen una tierra inexplorada. Los cartografío en busca de dragones. En mi mente se despliegan escuadras y cartabones, en una geometría que no tiene fin. Nada sacia mi sed de comprobación. Mirarlos me inunda a partes iguales de amor y terror, y voy descubriendo que son las dos caras de la misma moneda existencial. Si tanto temo a la muerte es porque de repente valoro la vida como nunca lo había hecho.

Durante mis primeros días de madre, la de la guadaña no solo no me abandona, sino que de vez en cuando la pillo silbando alrededor de las cunas de mis hijos.

Hay un grabado del siglo xv en el que la muerte se persona al lado de un cesto en el que descansa un niño. La madre parece un poco escéptica, pero la muerte le enseña su autorización: un pergamino sellado que le ha sido entregado por el mismísimo Dios, el Dios de las epidemias que azotaban la Europa medieval. En el texto que lo acompaña, la madre se lamenta:

> *Ay, mi hijo va a morir,*
> *la más bella criatura que vi.*
> *Pero no puedo salvarlo ni con toda mi destreza,*
> *la muerte es más fuerte que la naturaleza.*

Y, sin embargo, las decenas de niños que crecen en la sala de neonatos muestran todo lo contrario. De alguna forma son rotundidad, vida. Las paredes están decoradas con cartas y dibujos de antiguos pacientes, algunas con fotos del antes y el después que tientan a creer en los milagros: un bebé que apenas llenaba una mano posa ahora con una pelota de fútbol y la camiseta de su equipo preferido; otro, antes con la cabeza en forma de óvalo y tapado por miles de cables, mira hoy a cámara socarronamente detrás de unas gruesas gafas. Y lo que dicen es exactamente lo que me dice la pediatra cuando le explico todos mis temores sobre la salud de mis hijos: «Tranquila, la vida se abre paso».

Pero el miedo no cesa. Incluso la madre más fuerte, la que pisa el terreno más seguro, ha sentido alguna vez temor por sus hijos. La escritora Joan Didion lo confiesa en el libro que dedica a su hija Quintana: «En cuanto nació ella, ya nunca dejé de tener miedo». Y las amenazas son inacabables: «Tenía miedo de las piscinas, de los cables de alta tensión, de la lejía que había debajo del fregadero, de las aspirinas del botiquín, del mismo Hombre Roto. Tenía miedo de las serpientes de cascabel, de las corrientes de resaca, los corrimientos de tierra, los desconocidos que se presentaban en nuestra puerta, las fiebres sin explicación, los ascensores sin ascensoristas y los pasillos vacíos de hoteles».

El miedo materno es una fuerza feroz que ha dado forma a nuestro mundo. Los propios cimientos de nuestra civilización, nuestros mitos fundacionales, se basan en el dolor de las madres. Un paseo por el Museo Nacional Arqueológico de Madrid, que visitaré en diversas ocasiones en mi nueva etapa, basta para comprender que, si esos días de diciembre y enero en que mis hijos permanecen ingresados oscurece pronto y la tierra es estéril, es precisamente por la pena de una madre. En la sala dedicada a la cerámica griega roja, justo al final, una hidria nos muestra a una madre y una hija, Deméter y Perséfone, que, unidas, regalan al héroe Triptólemo el arte de la agricultura y hacen de la Tierra un paraíso de fecundidad. Pero no siempre fue así. Hubo un tiempo en el que el llanto de Deméter, la diosa de la vida y la tierra cultivada, convirtió el mundo en un erial.

Una tarde, mientras jugaba y recogía flores con las hijas del Océano, la hija de Deméter fue secuestrada por su tío Hades. En el preciso instante en que cogía un narciso, la tierra se abrió y Hades se la llevó al infierno para que fuera su reina. Al desaparecer en el abismo, Perséfone pronunció agudos gritos que resonaron en las cimas de los montes. Su madre, cuando oyó el desgarro, se destrozó el tocado que adornaba su cabello, se echó un sombrío velo sobre los hombros y se lanzó, como un ave de presa, a la búsqueda de su hija. Durante los siguientes nueve días y nueve noches anduvo errante con antorchas encendidas en las manos. Sin comer, sin beber, sin asearse, sin ataviarse, repetía el nombre de Perséfone sin cesar, pero no logró encontrarla. Disfrazada de anciana, se fue a vivir con los humanos al Eleusis, abandonando toda esperanza. Pero allí el joven Triptólemo le informó de lo que le había sucedido a su hija. Llena de ira, la diosa prohibió que los árboles diesen frutos y que medrasen las semillas. Ese año, el mundo sufrió una hambruna fatal y los dioses se vieron privados de sus ofrendas. Ante ese desastre, Zeus intercedió: «Podrás recuperar a tu hija, con la sola condición de que aún no haya probado la comida de los muertos.» Y aunque Perséfone había comido siete granos de granada, Deméter se obcecó, ni regresaría al Olimpo ni quitaría la maldición de la Tierra. Finalmente, los dioses llegaron a un acuerdo: Perséfone pasaría una tercera parte del año bajo las nebulosas tinieblas del Hades, los meses invernales en los que nada es fecundo. El resto del año, cuando el mundo reverdece, lo pasaría junto a su madre.

Y ahora, en el centro de Madrid, tras una vitrina, Deméter y Perséfone le agradecen a Triptólemo que ayudara a su reencuentro, y le regalan un gran carro alado tirado por dragones con el que plantar las semillas desde el aire por todo el planeta, mientras madre e hija se desentienden de las arduas labores humanas y disfrutan de su tiempo juntas.

En las horas que paso rodeada de incubadoras, el país está envuelto en una frenética actividad política. Las elecciones no han traído el cambio, pero por primera vez un partido que desafía el bipartidismo y con vocación de gobierno, un partido de la gente común, irrumpe con fuerza en el Congreso y puede ser fundamental en la formación de gobierno. Los despachos de la capital bullen con el ajetreo de las negociaciones, pero por el momento el pacto no parece posible. Los influyentes de Madrid negocian el poder, yo trato de negociar con la muerte y amasar pan.

El 13 de enero de 2016 se constituyen las Cortes de la XI Legislatura española y debo acudir a tomar posesión de mi acta de diputada. Lo hago cargada con un sacaleches y toneladas de cifras que he retenido antes de abandonar el hospital: peso de los niños, saturación de oxígeno, temperatura, pulsaciones. Pero, sobre todo, marcho con una base de datos completa de todos los rasgos de su cara. Tengo que memorizarlos, no olvidarlos ni un segundo, porque siento que si no se desvanecerán como la niebla de la mañana. Sé que hay un equipo de enfermeras y doctoras con años de experiencia, un padre amarrado a esas cunas. Pero también sé que, según un estudio de alguna universidad en algún lugar del mundo, la separación de la madre tres horas diarias durante las primeras semanas de vida tiene efectos duraderos sobre los circuitos neurales, la cognición y el comportamiento de los niños. Y yo ni siquiera he visto el meconio.

Viajo de madrugada en un tren alado que cruza un desierto. Cuando llego al Congreso no veo las cámaras de televisión, tampoco a los curiosos. Son los dos leones imponentes los que centran mi mirada. A cada lado del pórtico columnado, flanqueando la solemne escalinata, custodian el reino del poder. Símbolo del orgullo nacional, le fueron encargados en el siglo XIX al escultor Ponciano Ponzano, que pasó incontables horas en el Gabinete de Osteología y en el Jardín de Plantas de París estudiando la morfología del animal para dotarlos de un naturalismo capaz de reflejar su fiereza. Todo en ellos es fuerza, hasta su material, el bronce de los cañones incautados a los vencidos en la batalla de Wad-Ras. Pero bajo esta apariencia, estos leones esconden la debilidad de la locura.

Según se cuenta, representan a Atalanta e Hipómenes. Atalanta era una bella heroína griega dedicada a la caza y que no quería saber nada del matrimonio. Extremadamente veloz, para deshacerse de los indeseados pretendientes, los retaba a una carrera. Si alguno de ellos la vencía, la tomaría por esposa; si perdía, pagaría con la muerte. El joven Hipómenes se enamoró perdidamente de ella y suplicó a la diosa del amor, Afrodita, que lo ayudara. Esta le dio tres manzanas de oro, que Hipómenes lanzó durante la carrera para distraer a Atalanta y conseguir la victoria. Pero cuando Hipómenes ya había logrado su objetivo, se olvidó de Afrodita. Ni le dio las gracias ni le llevó incienso al altar. La diosa, enfurecida, decidió vengarse: mientras la pareja se encontraba en un templo dedicado a Cibeles, Afrodita hizo que enloquecieran de lujuria y satisficieran su deseo en tan sagrado lugar. Entonces, una melena roja comenzó a crecer de la cabeza de los amantes, los dedos se volvieron zarpas, les nacieron patas de los hombros y, finalmente, una cola culminó su bestialidad. La cólera de Cibeles los había convertido en leones.

Otro célebre edificio, en este caso la antítesis de la razón, estaba flanqueado también por dos locos. Bedlam ha sido, desde su creación en la Edad Media a las afueras de Londres, el infausto símbolo de todos los manicomios, la Bastilla de los psiquiátricos. Por su trato inhumano y brutal, fue justamente calificado como una perrera para dementes. A lo largo de la historia, sus pacientes, delirantes, sucios, atados, se exhibían para divertimento de las clases altas, que pasaban sus tardes de asueto visitando esas celdas de la insania. Cuando llegaban, dos hombres desnudos de piedra les daban una siniestra bienvenida. Esculpidos por Caius Gabriel Cibber, esas dos inmensas figuras situadas en lo alto de la puerta principal representaban la Locura melancólica y la Locura delirante. La primera parece dirigir la mirada a la vacuidad del mundo, la segunda nos muestra un trozo de infierno: encadenado, con la boca medio abierta, retuerce el cuello y las manos.

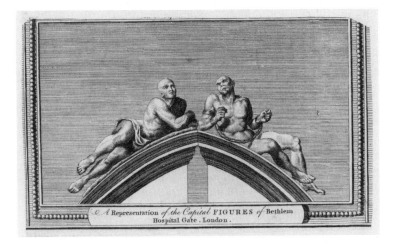

A Representation of the Capital FIGURES of Bethlem Hospital Gate. London.

Pero a las puertas de la era victoriana, las estatuas fueron retiradas de la fachada. En esos años, la dialéctica de la razón y la sinrazón se resolvió como una oposición entre los dos sexos, y el género simbólico del loco pasó del masculino al femenino. El mito de la mujer irracional regaba la ideología de las dos esferas, y esos dos hombres locos se ocultaron de la vista del público en una sala del manicomio, detrás de unos pesados cortinajes.

Hace unos años la virilidad de los dos locos felinos del Congreso fue motivo de debate. Si dos hombres no pueden

Desde el momento en que penetro en el hemiciclo, la luz cenital cae sobre mí como una red. La espanto y alzo los ojos. La magnificencia de la sala me acongoja. Pinturas de estilo renacentista, muebles de caoba, lámparas de bronce, mármoles policromos, barandillas doradas y tapices barrocos, suelos alfombrados que acallan mis pasos. Hay una especie de horror al vacío que me traslada incesantemente a la sobriedad de los cuatro barrotes de la cuna en la que duermen mis hijos.

El Congreso se compone de trescientos cincuenta diputados. Según el Ministerio de Sanidad, en España una de cada diez personas tiene un problema de salud mental. Si el Congreso representa la soberanía popular, no parece descabellado pensar que lo haga en todos los sentidos. Así que, por una sencilla regla de tres, hoy, aquí, vamos a tomar posesión del acta treinta y cinco personas que en algún momento hemos estado en relación estrecha con la melancolía.

En este pleno van a elegirse los miembros de la mesa, el órgano que preside la cámara. Cada uno de los diputados deberemos dirigirnos en diversas ocasiones, desde nuestros asientos elevados en forma de anfiteatro, a una urna de madera situada en tribuna para votar en papel, y posteriormente prometeremos uno a uno nuestro cargo. Es una sesión llena de esperas, donde el trabajo del diputado es escaso y se presta a que la mente deambule entre las bancadas. Y yo no puedo dejar de escrutar las facciones de mis nuevos compañeros de hemiciclo en busca de algo que delate su dolor. ¿Cuántos de ellos han sufrido una pérdida desgarradora, cuántos un desamor insuperable? ¿A cuántos este sufrimiento los ha llevado alguna vez cerca de la locura? ¿Y cuántos, sin haber padecido una gran catástrofe, han enloquecido por miedo a sufrirla? Es imposible que toda esta apariencia de rectitud sea real, es imposible que detrás de tanta solemnidad no haya habido nunca un grito de angustia. Pero la buena política es la de la razón, la que destierra el sentimiento, y aquí todos parecemos saberlo. Y si no, la decoración que nos rodea está dispuesta a recordárnoslo. En la bóveda del techo, al lado del lucernario, rodeadas de volutas y grutescos, unas pinturas de estilo rafaelesco representan alegóricamente las virtudes cardinales que todo diputado debe poseer: la Prudencia y la Justicia en un lado, la Templanza y la Fortaleza en otro. Son mujeres bellas y serenas. Jóvenes. Tienen la tez inmaculada.

El pecho me duele por la leche acumulada. Siento que en cualquier momento puedo estallar y convertirme en un líquido viscoso que manche el enmoquetado. Para los médicos antiguos, el cuerpo femenino era una versión «poco cocinada» del masculino. Al haber crecido en el lado izquierdo del útero y haber recibido menos calor, las mujeres no seríamos capaces de procesar bien los residuos, por lo que tendríamos que eliminarlos en forma de menstruación o leche. Por eso, donde el hombre es seco, nosotras somos húmedas; donde él es piedra, nosotras esponja. Además, como razona Platón, el útero, centro indiscutible de nuestro ser, se encuentra al lado del vientre, lejos del alma racional y del pensamiento noble. Por eso, donde ellos son juicio, nosotras somos emoción. No parece fácil que hoy yo, puro sentimiento y líquido, vaya a ser capaz de estar a la altura de todo este ornamento. Por eso cada cierto tiempo voy al baño y saco un artilugio para vaciarme el pecho y hacer ver, un rato más, que a mí sí me cocinaron del todo.

Sin embargo, no hay artificio que valga. Tampoco bastaría con que me fuera a casa y admitiera mi incapacidad. Porque esta proyección del cuerpo femenino como una emoción con patas no se conforma con excluir a las mujeres, su ambición desmedida le hace ocultar bajo cien mil capas de raciocinio que el sentimiento también impregna la política. Con el tiempo aprenderé que lo que se relega a los márgenes está justo en el centro del pensamiento, también en esta solemne casa. Toda la racionalidad política de diputados imponentes, portavoces locuaces y ministros poderosos también está bañada de sentimiento. Lejos de las jerarquías y los antagonismos que tanto se estilan en estas paredes, el pensamiento racional también es emocional. Nuestra propia llegada a la política está marcada por tristezas y alegrías, estimas y admiraciones, indignaciones que nos han llevado hasta las convicciones que hoy tenemos. Sin ir más lejos, a mí hoy hasta este hemiciclo me ha llevado mi padre muerto, la persona que me inició en la política, el hombre que me relató cómo la pobreza de sus antepasados los condujo a la locura, la persona que se fue demasiado temprano y a la que trato de mantener viva presentándome a unas elecciones. Me gustaría acercarme a cada diputado, incluso al que se encuentra más lejos de mí ideológicamente, y preguntarle qué muerto lo acompaña hoy aquí.

Al finalizar la jornada, nos tomamos la foto de rigor en los leones. Alzamos los brazos, gritamos que sí se puede. Veo el rostro de mis hijos en la sala de neonatos y me doy cuenta de que tanto aquí como allí soy prisionera de la esperanza.

Uno de los rituales iniciáticos de todo diputado consiste en la realización de la fotografía que figurará en su ficha, consultable por todos a través de la página web oficial. Al no haber podido desplazarme a Madrid los días previos, la fotógrafa va a realizármela después del pleno. Llevo un vestido negro con raya diplomática gris y una lazada. El pelo, a la altura de los hombros, luce medio ensortijado. Vista en retrospectiva, me sorprende la amplia sonrisa que protagoniza la estampa. Sin embargo, mirándola detenidamente, se intuye cierta tensión. Hay una rigidez forzada que quiere gritar mis sobradas aptitudes para el desempeño del cargo. Pero quizás lo más inquietante es que un mechón del cabello tapa casi totalmente uno de mis ojos, como si intentara impedir que la cámara me captara por completo.

La posición de la boca y los dientes, el ángulo de apertura de los ojos, la dirección de la mirada, las arrugas del ceño. Cualquier gesto puede ser usado en mi contra. La ciencia de la fisionomía intentaba en el pasado revelar nuestro carácter oculto a través de nuestros rasgos físicos. Una mandíbula saliente, cierta anchura en el conjunto ocular, las cejas pobladas y las pupilas prominentes, por ejemplo, habrían indicado a los fisonomistas renacentistas mi carácter inequívocamente demente. Mi semblante podría ser analizado también en busca de mis capacidades como madre. No han sido pocos los que a lo largo de la historia han animado a los maridos a escrutar el físico de las futuras progenitoras en busca de sus fallas.

La eclosión de la locura puerperal coincidió con el desarrollo de los métodos fotográficos. Por ello disponemos de cientos de fotos de locas victorianas. La cámara fue tan crucial para el estudio de este tipo de locura, y más tarde de la histeria, como el microscopio para la histología. Desde principios del siglo xix se utilizaron ilustraciones y fotografías para demostrar la enfermedad mental y evaluar la progresión de los internos. Una de ellas me acompaña desde hace mucho tiempo. Fue en su epígrafe donde leí por primera vez la expresión «locura puerperal». Esta mujer me obsesiona. Porque tiene tres manos.

Su nombre es Emma Riches. Luce lo que en los manicomios ingleses llamaban «strong clothing», que no era exactamente una camisa de fuerza, sino una especie de vestido de lona tupida que ralentizaba el movimiento y dificultaba que los pacientes se autolesionasen.

No se conserva ninguna palabra de Emma. A través de los historiales médicos y los registros de ingresos y altas he podido reconstruir fragmentos de su vida. Su locura, como la mayoría de las locuras de la historia, nos ha llegado a través de otros. La foto de Emma transmite una inquietante serenidad, y creo que se debe a su amago de sonrisa, tan misteriosa que la convierte en la Gioconda de las locas. En su regazo se ve una mano, la otra parece colgar a su izquierda y una tercera mano agarra la primera. ¿De quién es esa mano?

Emma fue ingresada en 1857 en el manicomio de Bedlam escasos meses después de dar a luz a su segundo bebé. Su primera hija había muerto al poco de nacer. Al llegar al hospital sus familiares relataron que no quería estar con su hijo y que había descuidado sus responsabilidades habituales. Durante las primeras horas de ingreso, Emma «camina constantemente de un lado a otro de la habitación, abatida y lamentándose de haber cometido alguna ofensa atroz por la que nunca obtendrá el perdón». Los médicos achacaron su locura a una fuerte predisposición hereditaria, puesto que su madre se encontraba ingresada en otro manicomio y su tía y abuela materna fallecieron locas.

Intento imaginar a Emma descubriendo a su primera hija muerta. ¿Se acercó a la cuna y quizás la niña ya no respiraba? ¿Fue capaz de volver a mirar su cuerpo sin vida? ¿Veía ahora en el rostro de su nuevo hijo el de su primogénita fallecida? Visualizo a Emma deambulando por una sala oscura con la titilante luz de una lámpara de gas. Una larga falda cubre sus enaguas. La culpa de la primera madre sobre la Tierra le pesa y le han dicho que sus hombros son demasiado frágiles para cargarla. Anda en círculos. ¿Es posible que sienta pánico a acercarse a la cuna del recién nacido y que la pesadilla se repita? A tenor de las notas de los médicos, la respuesta es un no rotundo. Para ellos, todo se resume en el gen de la locura.

Hay una segunda fotografía de Emma, de casi un año después de su ingreso. La vemos el día de su alta. Parece una dama victoriana distinguida, acompañada de un libro. A las

locas retratadas se les proporcionaban accesorios diversos para que su apariencia se adaptara a los ideales del decoro femenino. La artificialidad de todo resulta aún más evidente cuando leemos en su historial que Emma ni siquiera sabía leer. Pero esta foto es una razón para el optimismo. Emma regresó a casa, curada, con su hijo. Y vivió feliz. En la cordura.

O eso deseaba yo. Las archiveras del antiguo manicomio de Bedlam me ayudaron a reconstruir la vida de Emma. Compartí con ellas mi obsesión e, indagando en los historiales, aprendimos que la historia no tuvo el final feliz que yo esperaba. Emma tuvo tres hijos más, y en todos los casos repitió el mismo patrón. Daba a luz y al cabo de pocas semanas sufría una crisis nerviosa. Era ingresada en el manicomio, permanecía nueve o diez meses y volvía a casa. Su conducta se convirtió en un bucle maldito: pasaba de la «excitación febril, lenguaje obsceno, delirio y deseo de destruir muebles y ropa de cama» a «una mirada fija y ausente que no presta atención a nadie, ni siquiera a sus hijos, por quienes previamente ha mostrado el mayor afecto». La alteración inquieta que caracterizó su primer ingreso se fue convirtiendo en un letargo silencioso del que ya no salió. Las últimas entradas de su historial son la antítesis de la esperanza.

«Sin cambios».

«En el mismo estado».

«No mejora».

«Lo mismo».

Entre su primer ingreso, con veinticinco años, y su muerte, con cuarenta y nueve, solo pasó siete años fuera del manicomio.

Sigo preguntándome de quién es la tercera mano. El lector racional dirá que es de una enfermera, que trataba de impedir que se golpeara o que tocara la cámara. Yo prefiero pensar que es la mano de otra loca, de su madre, de su tía, de su abuela, de las locas de la historia. Veo la mano de Emma sobre mi mano en mi regazo, cuando estoy en el escaño, cuando me toman la foto, en el tren que me lleva de vuelta a casa, y las dos manos juntas son memoria.

Deshago lo andado en ese tren alado. Llego al hospital cuando es prácticamente de noche y no soy capaz de entrar. Como poseída, me pongo a dar vueltas por el perímetro del edificio de maternidad.

Cuando ya llevo un rato perdida, deambulando sin dirección, anochece repentinamente. El sol se ha puesto negro y una luna roja asoma por un cielo tenebroso. Siento que los muros del hospital van a caer, que las montañas azuladas en el horizonte se desmoronan. No hay nadie a mi alrededor y todo parece en ruinas. Tengo que entrar. Pero el camino hasta la puerta está lleno de escoria.

Cuando ya he perdido la cuenta del tiempo que llevo evitando cruzar ese umbral, busco el teléfono a tientas en el bolso y llamo a mi hermana mayor. Lloro con desenfreno hasta destilar mis párpados. Finalmente consigo recuperar la voz huida y le confieso que no tengo fuerzas para enfrentarme a la visión de mis hijos. Que los amo tanto como los temo. Horrorizada, me doy cuenta de que esa frase, que parece salida del mismo infierno, procede de mi boca. Siento que me ahogo. Querría escupirme entera para no tener nada que ver con lo que acabo de decir. Pero ya es demasiado tarde.

Mi hermana es mi resistencia. Y nadie lo diría. Porque ella misma se ha quebrado tantas veces que en la familia hemos perdido la cuenta.

Cuando era adolescente estuvo casi un año sin salir de casa. Le diagnosticaron fobia social. Recuerdo que mi padre, separado de mi madre desde que éramos muy pequeñas, venía a casa y le tiraba del brazo para que fuera al instituto. Solo conseguía arrastrarla hasta el rellano. Mi hermana se zafaba y volvía corriendo a encerrarse en su mazmorra. De tanto tiempo sin estar en contacto con el sol, la piel se le puso amarillenta. Un día, mi madre logró sacarla a la calle y llevarla a la avenida de detrás de casa, amplia y con bancos, donde le tomó unas fotografías. Cuando las revelamos, aparecía sonriente, con esa tez de pergamino. Parecía llena de anhelos. Y pienso que no pocos se han cumplido.

Aunque unos años después de lo que le hubiera tocado por edad, consiguió entrar en la universidad y licenciarse. Fue madre joven de dos niños. Tiene un trabajo que le interesa. En términos psiquiátricos, es una persona funcional. Freud definía la salud mental como la capacidad de amar y trabajar. Y mi hermana trabaja mucho, pero sobre todo ama.

La llamo y le recito la retahíla de males que pueden padecer mis hijos, los síntomas que he ido observando. Ella intenta tranquilizarme, mostrarme su apoyo, darme soluciones. Me voy serenando. Al despedirse, pronuncia una frase que me sobrecoge: «A mis sobrinos no les pasa nada, están bien». Es la palabra «sobrinos» la que me impacta. Porque David y Sara no son solo mis hijos. Son sobrinos. Son nietos. Son hermanos. No todo el peso cae sobre mí. Y entonces vuelvo a llorar. Porque acabo de darme cuenta de mi vanidad.

Humillada, consciente de mi bajeza, aunque con el ímpetu de saberme acompañada, entro en el hospital y al mirar a mis hijos siento una inmensa culpa. Pero me arremango, les cambio el pañal y les limpio esa piel de cristal. Acerco y alejo mi cara sonriente de las suyas mientras recito lisonjas sonrojantes. Beso todo su cuerpo y amenazo con comerme esos dedos que son casi granos de arroz. Me pierdo en los rituales del amor materno y por un momento me olvido de la de la guadaña, que, desairada, mira la escena agarrada al fluorescente del techo.

A la mañana siguiente, cuando despierto, tengo un mensaje de mi hermana. Es una canción de Franco Battiato, ese señor que de pequeño se golpeó la nariz contra un poste e hizo de su accidente un icono.

«Te protegeré de los miedos a la hipocondría», canta.

Se ha dicho, y me gusta creerlo, que ese himno al amor que es «La cura» estaba dedicado a su madre, muerta dos años antes de que lo grabara. Grazia Battiato fue el pilar de esa nariz, a la que acompañaba en cada gira y actuación. Era la madre siciliana que se inmiscuía en las cocinas de los hoteles de lujo donde dormía en sus giras para prepararle una manzanilla a su hijo cuando tenía el estómago revuelto. La que siempre confió en su capacidad para crear melodías prodigiosas. Al final de su vida, cuando ella ya se había ido de su lado para siempre, el cantante compró un castillo en la población siciliana de Milo, donde dijo esperar su propia muerte. Allí, ordenó que se volviera a construir la capilla para que un sacerdote oficiara misa en honor a ella todas las mañanas.

Te aliviaré del dolor y de tus cambios de humor,
de la obsesión que hay en tus manías.
Te salvaré de cada melancolía,
porque eres un ser especial,
y yo siempre te cuidaré.

La muerte fue un martilleo en la vida de Battiato. Su hermano pequeño falleció con solo cuatro años, y antes de que el cantante alcanzara la mayoría de edad su padre sucumbió a un ictus. Por eso quizás hizo de su vida y sus canciones un rompecabezas que borraba las fronteras entre los dos mundos. Ahora Franco Battiato descansa en una urna junto a su madre en el cementerio de Riposto. Pero ¿realmente los separó la muerte? Battiato, como mi hermana, parece tener soluciones para todo, incluso para neutralizar la flecha del tiempo.

Superaré las corrientes gravitacionales,
el espacio y la luz y envejecer no podrás.

Durante un rato, mientras aún yazco en la cama, con los sintetizadores del italiano de fondo, juego a que yo también supero las corrientes gravitacionales y me mezo en las trenzas infantiles de mi hermana, con mi madre y mi padre muerto de fondo.

Algunos días después de la primera sesión en el Congreso escribo un breve texto que publico en mis redes sociales en el que lamento que, a pesar de ser esta la legislatura con más diputadas de la historia de España, los portavoces de todos los grupos parlamentarios sean hombres. Afirmo que queda por andar y mi voluntad de hacerlo desde el feminismo. Al poco, mi madre me avisa, con orgullo, de que estoy en la portada digital del mayor periódico del país, que se ha hecho eco de mis palabras junto a la foto que me hicieron unos días atrás. La premura con la que se suceden las noticias pronto me borra de la celebridad, pero por la noche recibo una llamada. Es un compañero, diputado como yo. Me cuenta que ha recibido la llamada de un asesor de nuestro grupo parlamentario, que a su vez ha recibido una llamada de un señor importante del partido. «Hay malestar —me dice—, y me piden que te diga que vayas con cuidado con lo que pones en redes: puede ser manipulado por la prensa y acabar pareciendo que criticas nuestras decisiones, como ha sucedido». Le digo que no ha habido ninguna manipulación, que la noticia ha reproducido exactamente mis palabras, y que no hay maldad en ellas, sino la constatación de una flaqueza y la necesidad de unir fuerzas para superarla. Y zanjo la conversación.

Esa llamada me recuerda a ese juego al que jugábamos de pequeños en el patio de la escuela. «El teléfono roto», se llamaba. Sentados en círculo, murmurábamos una frase al oído del niño que teníamos al lado. Este le repetía a otro lo que le había parecido escuchar, también en un susurro, y así sucesivamente hasta cerrar el círculo. Al final no sabíamos cómo de parecido era el mensaje original al que nos había llegado. Y lo descubríamos entre risas. No alcanzo a entender por qué a nuestra edad seguimos jugando al teléfono roto. No comprendo por qué el señor molesto no me ha llamado directamente, tampoco comprendo por qué tengo que acallar los principios que motivaron mi inclusión en las listas electorales. En este juego veo que me han empezado a crecer unas esposas que me atan a ese círculo: he adquirido una deuda con quien me ha puesto en la lista, por confiar en mí, pero ellos no me deben nada por haber aceptado, por las horas de trabajo y los sacrificios, por haber puesto el cuerpo y la mente en el proyecto. Ni siquiera parezco haberme ganado el derecho a que me hablen directamente. Las deudas funcionan solo en una dirección, y se deciden a muchas llamadas de teléfono a kilómetros de mí.

La habitación en la que estoy mientras pienso todo esto toma el aspecto de un lugar antiguo, se levanta un leve olor a incienso y alguien me habla en una lengua no tan muerta: «Turpe est enim mulieri loqui in ecclesia». Se lo dijo san Pablo a los corintios: que vuestras mujeres callen en las asambleas, porque no les es permitido hablar. Sus palabras me llegan a mí hoy, veintiún siglos después, en una especie de conclusión a ese juego del teléfono que, quizás, no estaba tan roto.

La escritora Montserrat Roig recordaba cómo, en sus tiempos en el sindicato estudiantil universitario en los años setenta, «los jóvenes delegados solo buscaban "mujeres liberadas" según en qué momentos y a partir de según qué horas». Es probable que a ella también la invitaran a jugar al teléfono roto, pienso.

De largos bucles dorados y con bolsas bajo los ojos, John Clare fue uno de los mayores poetas de clase trabajadora que haya dado Inglaterra. En el siglo XVIII escribió combativos cantos a la naturaleza que denunciaban ya su corrupción por parte del hombre. Pero un día, a Clare le robaron el lenguaje: «Me abrieron la cabeza, seleccionaron todas las letras del alfabeto que ahí tenía, las vocales y las consonantes, y me las extrajeron por las orejas; ¡y así pretenden que escriba poesía! No me es posible». Pasó varias décadas en los manicomios de High Beech y Northampton intentando recuperarlo.

Los expertos dicen que la ansiedad es más difícil de reconocer y diagnosticar que la depresión porque a la mayoría de ansiosos nos resulta casi imposible expresarla en palabras. Seguramente eso tiene que ver con que es un mecanismo de alarma, una activación hiperbólica de los circuitos del miedo que nos convierte en estatuas temblorosas incapaces de articular sonido inteligible. A mí también me han abierto la cabeza y, como a la panza del lobo, me la han llenado de pesadas piedras donde el verbo no vuela. Por eso he hecho de la palabra ajena una obsesión. He leído locos de todas las épocas, hombres y mujeres, vivos y muertos. Guardo archivadores abarrotados de notas amarillentas que tratan de dar cuenta de las maravillas que he encontrado. Este es seguramente el mayor legado que dejaré a mis hijos. Pero no es fácil encontrar estos testimonios.

La historia de la locura es demasiado a menudo la historia de la psiquiatría. Samuel Tuke, el creador del tratamiento moral victoriano, el mismo hombre que abogó por liberar a los locos de las cadenas de hierro, mantuvo sin embargo las lingüísticas. «No se ha encontrado ninguna ventaja al hablar con ellos sobre sus alucinaciones particulares… Con respecto a los melancólicos, la conversación sobre el tema de su desaliento se considera muy imprudente.» A los locos se los quería en silencio, y solo muy pocos, especialmente aquellos que escuchaban el tranquilizador tintineo del metal en el bolsillo, fueron capaces de romperlo.

Ese fue el caso de Virginia Woolf, que dejó algunas de las descripciones más lúcidas de la ansiedad. El «roer de ratas», la llamaba. «La dolorosa ola que crece alrededor del corazón»; la mente cerrándose en sí misma, como «una crisálida»; ese «pedalear con una rueda pinchada». Y frente a ella, propuso los más curiosos remedios, capaces de desacreditar toda la biblioteca de Alejandría de la autoayuda: recobraba la alegría «arrancando hierbas», o conquistaba la calma haciendo «un censo de la gente que es feliz o desgraciada»; también conseguía derrotar la depresión gracias a «la imperiosa necesidad de arreglar la cocina». Pero su mayor terapia, la que recomendaba repetidamente en su diario y se aplicaba a sí misma con tozudez, fue la actividad mental: la lectura y, muy especialmente, la escritura. Pero para ello, para ser escritora, Woolf tuvo que convertirse antes en asesina.

Lo confesó en una conferencia leída en la National Society for Women's Service en 1931. Cada vez que cogía la pluma, contó, un fantasma se interponía entre ella y el papel, atormentándola sin fin. Ese espectro era una mujer, encantadora, altruista y, sobre todo, pura. Respondía al nombre del «ángel del hogar», ese mismo que reinaba en cada una de las casas victorianas. Y le gritaba: «Sé amable, sé tierna, adula» y jamás tengas preocupación o deseo propio. Virginia Woolf tuvo que matarla, en defensa propia, arguye. Pero no fue tarea fácil, al espectro su carácter ficticio le fue de gran ayuda, y la escritora le arrojó el tintero en numerosas ocasiones hasta conseguir deshacerse de ella.

Ahora yo, tantos años después, me siento tentada también a matar. Toda la mole que yo era embarazada se ha quedado en nada. Los médicos muestran preocupación porque casi no como y soy una cosa escuálida que podría colarse por las rendijas de ventilación y desaparecer para siempre. La psiquiatra me invita a pesarme y al hacerlo me quedo mirando el par de dígitos que arroja la báscula. Cuántos kilos pesa mi ansiedad, cuántos ese fantasma que me habita. Sé que, si no acabo con él y con todo lo que ha alumbrado, no podré recuperar la palabra. Trato de identificar ese espectro que me manda ser pura, intento oír el murmullo de sus faldas, el batir de sus alas, oler ese aroma único del que yo le he dotado. Pero tengo miedo de que, si escucho a Virginia y le lanzo el tintero, si consigo aniquilarlo, no quede nada de mí.

Durante las semanas que mis hijos están en el hospital, la psiquiatra me invita a tratar de convertir en palabras mi roer de ratas en la nuca, y acudo a varias sesiones de psicoterapia con ella. Quiere darme herramientas para que yo también mate al fantasma, para mancharme de tinta las manos. Pese a que yo ya duermo en casa, paso el día en neonatos, junto a David y Sara, y solo me ausento para ir a su consulta, que se encuentra en un edificio del complejo hospitalario camino a la montaña y conocido como la antigua escuela de enfermería. En la era victoriana, parte del tratamiento moral comprendía la propia arquitectura y el entorno de los manicomios. Se creía que la belleza era fundamental para conseguir el retorno de la mente extraviada a la cordura. Por eso, en la misma época en que Emma Riches ingresó por primera vez en Bedlam, un nuevo superintendente, el doctor William Charles Hood, trataría de transformar el infame asilo en un lugar pastoril. Cubrió los suelos polvorientos con alfombras y las paredes frías con robustas bibliotecas y obras de arte. En el exterior se esmeró en hacer crecer césped verde y flores. No parece quedar nada de todas esas ideas en los grisáceos caminos pavimentados por los que ando ahora, bordeados de malas hierbas y espinos.

Pese a la austeridad y dureza del habitáculo en el que me recibe la doctora, siento cierta paz con ella. De sus palabras no se desprende juicio alguno y en su mirada puedo leer que no me considera una mala madre. Me cuesta hablar de mí misma y a menudo pongo en la mesa realidades políticas que me preocupan y a las que ella da respuesta sin ambages. La doctora Munt es una autoridad en salud mental perinatal y conversamos acerca de cómo pesa la pobreza y el origen en tantas madres etiquetadas como locas; me confiesa el enorme sesgo clasista, racista y machista con el que lucha cada día para evitar que estas mujeres pierdan la custodia de sus hijos y entren en una espiral de violencia institucional de la que difícilmente se sale. Comentamos a menudo la importancia del factor humano en la psiquiatría, del que ella me parece un testimonio viviente.

En el apogeo de la locura puerperal victoriana, ante el autoritarismo de muchos médicos, el obstetra Robert Gooch se distinguió por tratar a sus pacientes con una bondad que merecería el elogio de sus contemporáneos, que se sorprendían de que fuera capaz de desarrollar un vínculo tan estrecho con esas dementes. Gooch sucumbió también al sexismo de su época, y criticaba fervientemente que sus pacientes se acercaran a los libros, pero fue capaz de ver el vínculo de la manía y la melancolía de las nuevas madres con la severa prueba que suponía la maternidad, y añadió a los tratamientos habituales cuantiosas dosis de comprensión. Es posible que su propia experiencia vital tuviera algo que ver con esta inusual empatía. Gooch fue un hombre melancólico, que vivió con la muerte y la enfermedad a su vera. Su mujer y su pequeña hija murieron con pocos meses de diferencia, y él mismo sufrió desde una edad muy temprana los estragos de la tuberculosis, que acabaría atándolo a una cama y matándolo con solo cuarenta y cinco años.

Pero el ejemplo de Gooch no fue algo generalizado, y tendrían que pasar muchos años para que las locas pudieran optar a ser escuchadas, comprendidas, compadecidas. Y según parece ni siquiera fue su dolor el motor del cambio. Si en la Inglaterra del siglo XX los locos empezaron a ser escuchados de forma generalizada, si se les instó a verbalizar sus sentimientos y experiencias, no fue por la profusión de locura puerperal victoriana, ni siquiera por las plagas de desórdenes nerviosos femeninos que invadieron la Europa finisecular. Solo cuando los hombres se vieron afectados por un inaudito síndrome, irrumpió la escucha de forma masiva en la psiquiatría y se reconoció el trauma más allá de la sexualidad freudiana.

En medio de la Gran Guerra, cientos de miles de soldados comenzaron a temblar sin control. Las palpitaciones se aceleraban. Los cuerpos se retorcían. Se tambaleaban al andar. Lloraban y gritaban. No recordaban nada. De repente se volvieron ciegos, mudos, quedaron paralizados sin que hubiera una lesión evidente. Pero esos soldados no podían ser víctimas de la locura, algunos eran verdaderos héroes, oficiales de alto rango. ¿Cómo iban a ser excéntricos y degenerados dementes? Al principio estos síntomas se achacaron a heridas invisibles en el sistema nervioso causadas por explosiones, pequeñas hemorragias indetectables en el cerebro. Pero la falacia pudo mantenerse poco: hubo que admitir que su herida era de locura.

Kriegsneurose, shell shock, obusite. La neurosis de guerra acababa de ser definida, y las ideas de Freud acerca del inconsciente y la transformación de problemas mentales en síntomas físicos quedaban confirmadas.

La Gran Guerra fue el apocalipsis de la masculinidad. El soldado se encontró en una posición similar a la de las mujeres de la época: completamente impotente y sin autonomía. La guerra que tenía que convertirlos en héroes, esa aventura salvaje y viril, acabó confinándolos a un espacio tan estrecho como el de cualquier mujer victoriana, a la locura que ha asaltado históricamente a las cautivas domésticas.

¿Compartían esos ejércitos de locos de las trincheras y locas del hogar una misma tara física? Hipócrates cuenta que, advertido de que el filósofo tracio Demócrito se había recluido lejos de la sociedad y vivía preso de una terrible demencia, fue a visitarlo para prestarle su ayuda. Lo halló destripando y estudiando obsesivamente animales muertos para encontrar dónde residía la sustancia culpable de su propia melancolía.

Parece ser que pese a sus obstinados esfuerzos nunca la encontró. Pero el empeño por extirpar el origen físico del mal ha seguido cercando a la ciencia hasta hoy, quizás porque si es así, si no hay metafísica en la ecuación, la esperanza de curación puede permanecer viva. Y el cerebro ha sido y es el blanco de todas las miradas.

En cambio, Zenón de Citio, el fundador del estoicismo, afirmaba que la razón no reside en el cerebro, sino en la tráquea, pues es de allí de donde sale el habla, el mayor signo del raciocinio. La sinrazón entonces solo podría conjurarse alzando la voz. Y aunque me resisto, la doctora Munt piensa que ese es para mí el único camino posible. Por ello, cuando mis hijos son dados de alta y debemos emprender el arduo camino a casa como una familia, me deriva al centro de salud mental de mi barrio, donde me van a someter a terapia psicológica además de farmacológica.

Antes de despedirse, la doctora anota unas últimas observaciones en el historial: «Persiste la ideación obsesiva en torno a la salud de los niños y a la propia con múltiples comprobaciones. Hay cierta conciencia de realidad pero siempre queda la duda de si hay crítica o no. Acaba su vínculo con el hospital y es derivada al centro de salud mental». Y aunque deja escrita la duda, sus últimas palabras hacia mí son un alegato a mi favor: «Ven a verme dentro de un tiempo, con tus hijos. Me hará ilusión». Porque soy madre, y lo seguiré siendo. Una madre normal, de esas que hacen visitas de cortesía. Un día los peinaré, les echaré colonia a granel, los vestiré elegantes y les ataré un gorro que les proteja las orejas del frío para ir a ver a la doctora. Y le contaré lo adorables que son, sus primeros pasos, que ya dicen alguna palabra. He aquí mis joyas, le diré.

Cuando llevamos a los niños a casa estoy extremadamente nerviosa, como si fuera a recibir en audiencia a los más destacados diplomáticos y de mí dependiera la paz mundial. Lo he ordenado todo, he repasado cada rincón para eliminar la más mínima mota de polvo. He regado las plantas de la terraza para que deslumbre su verdor. He alineado las copas de cristal que lucen en la vitrina y he sacado brillo a los metales. Al llegar, mientras Tomás toma a la niña en brazos, yo saco al niño del capazo y me siento con él en el sofá de terciopelo granate. Lo miro fijamente para asegurarme de que existe, que del erial de mi vientre salió esta cosa que asombrosamente respira, mueve el cuerpo y orienta la mirada sin que nadie la dirija. Me parece que su autonomía es un prodigio.

Su padre y yo deshacemos una maleta llena de deberes. En un cuadro debemos anotar las deposiciones y la temperatura, que hay que registrar en todas las tomas de leche, cada tres horas. No podemos saltarnos ninguna, porque aún pesan poco. El equipo médico irá llamándonos y visitándonos para controlar que todo vaya bien. Estamos en una especie de arresto domiciliario y a mí me da cierta tranquilidad saber que alguien me vigila.

Sara es todo llanto. No le gusta la casa. Pongo mi pezón en su boca pero no la calma. Miro a mi alrededor y pienso que el color azul de las cortinas que con tanto esmero elegí no es el apropiado, que el crujido del parquet a cada paso que realizo para mecerla la desconcierta, que mis ojeras plomizas la asustan, que el tacto de mis manos es demasiado áspero para una piel tan fina, que no hay nada adecuado en mí ni en los objetos de los que me he rodeado y que el suelo va a hundirse bajo mis pies. Su padre la coge y al cabo de un tiempo consigue apaciguarla. Este es un patrón que se repetirá en los días por venir y que me convertirá en una figura pequeña, lejana en el horizonte, un punto en la galaxia.

Durante esas primeras noches, pongo el despertador cada tres horas para darle el pecho a los bebés. Como mi leche es insuficiente, la complementamos con un biberón que les da el padre. Ideamos una estrategia para engañar a Cronos y robar a Morfeo. Nos turnaremos y así lograremos dormir más de tres horas seguidas. Pero en las tomas que me tocan a mí, además de dar el pecho y el biberón, debo esperar a que me vuelva algo de leche y sacármela para la siguiente toma, lo que me lleva tanto rato que prácticamente no gano tiempo. Además, la soledad de esos momentos exacerba mis temores, y un simple cambio de pañal se convierte en una tarea heroica que a todas luces me queda grande. Los dioses castigan mi osadía, y a cada toma enloquezco un poco más.

Al cabo de los días la casa se va convirtiendo en una mansión lúgubre. Un frío espantoso se ha apoderado de ella y la calefacción no consigue calentarla. Las plantas han perdido su brillo y la terraza es ahora un reino desolado donde solo aguanta, pese a la crudeza del tiempo, una clavelina roja. En pleno invierno no paro de descubrir mosquitos cuyo zumbido en mis orejas es una legión de demonios. Durante la noche, las sombras en las paredes se asemejan a insectos que suben hasta los techos. Si a los espíritus les estuviera permitido volver a la tierra, no tengo duda de que elegirían mi casa de madrugada; no hay lugar más cercano al terror que mis manos cuando van a descubrir la temperatura que marca el termómetro que le he puesto a mis hijos.

No puedo evitar pensar en el desastre que aún no existe. Es eso, la anticipación, uno de los rasgos definitorios de la ansiedad. El pensamiento del ansioso no anticipa la dicha, sino su antítesis, y mi psiquiatra dice que eso se debe probablemente a que en esos momentos estoy dando entrada de forma inconsciente a eventos negativos del pasado capaces de distorsionar la realidad.

Pero para mí mis temores no provienen del pasado, la aplastante realidad es que el peligro existe y que tengo que hacer lo imposible para sortearlo. Ninguna madre, en ningún lugar del mundo, se ha librado del aguijón de la visión del mercurio subiendo en el cristal. Las madres del antiguo Egipto entonaban conjuros, algunos para proteger a los niños de la fiebre.

> *Conjuro para un nudo,*
> *para un niño, un pajarillo:*
> *¿Estás caliente en el nido?*
> *¿Estás ardiendo en el arbusto?*
> *Que me traigan una bolita de oro.*
> *Cuarenta cuentas, un sello de piedra cornalina,*
> *con un cocodrilo y una mano.*
> *Esto es una protección.*

Para reforzar este muro defensivo de palabras, decoraban sus cunas con unas tiras adornadas con figuras de animales fantásticos, algunos de ellos ataviados con cuchillos para matar a cualquiera que intentara dañar a sus hijos: «Corta la cabeza del enemigo cuando entre en la habitación», escribían.

Yo tengo que ser mil cuchillos, y esa sensación de alarma constante me impide descansar un segundo. Ni siquiera en los breves momentos en que consigo conciliar el sueño soy capaz de dejar de vigilar el ritmo cardiaco y respiratorio de mis hijos. Cuando por la mañana, puntualmente, recibo la llamada o la visita de mi madre, solo puedo articular, con una brizna de voz: «Estoy tan cansada».

Se conoce poco que la primera víctima de la lobotomía transorbital fue una madre cansada. En enero de 1946, Ellen Ionesco, un ama de casa, fue con su hija de seis años a la oficina del doctor Freeman en Washington D.C. Según su hija, estaba tan deprimida que hacía días que no se levantaba de la cama. Después de intercambiar unas cuantas palabras con ella, el doctor Freeman, sentado frente a una pared repleta de títulos académicos, anotó en su historial: «Tendencias suicidas. Grita: "Estoy tan cansada, estoy tan cansada". Bastante inaccesible. Necesita tratamiento inmediato».

El doctor se llevó a Ellen a una habitación insonorizada y cerró la pesada puerta tras ella. Allí le administró tres electroshocks, que la dejaron inconsciente. Acto seguido le introdujo un instrumento parecido a un picahielos bajo un párpado, que golpeó con un mazo para atravesar la órbita y penetrar en los lóbulos frontales. Con un rápido movimiento, cortó parte de su tejido cerebral. Repitió la misma operación en el otro ojo. Cuando Ellen recuperó la conciencia al cabo de pocos minutos, le dio unas lentes oscuras para cubrir los morados bajo los ojos y la mandó de vuelta a casa.

La lobotomía transorbital fue la versión en cadena de las primeras lobotomías, realizadas por el Nobel portugués Egas Moniz. Su inventor fue Walter Freeman, un joven médico que llegó al hospital mental de Saint Elizabeths, en Washington D.C., en 1924. Las instituciones hospitalarias se hallaban entonces en condiciones insalubres y los pacientes eran blanco de continuos malos tratos. Freeman se había formado como neurólogo y creía firmemente que la enfermedad mental estaba causada por defectos físicos en el cerebro. Obsesionado con encontrar esos defectos, pasaba horas en el laboratorio diseccionando cerebros de muertos para hallar diferencias entre los de pacientes locos y los de cuerdos.

Fue él quien llevó la lobotomía de Moniz a Estados Unidos en la década de 1930 y extendió su uso. Según Freeman, estas operaciones fueron un éxito y consiguieron rescatar a un gran número de pacientes de una vida de enfermedad crónica en los pabellones de los hospitales psiquiátricos. Pero eran demasiado laboriosas, y la Segunda Guerra Mundial había dejado demasiados locos. En busca de acelerar el proceso y permitir que la operación hiciera disminuir drásticamente el casi medio millón de pacientes que se amontonaban en los manicomios estadounidenses, Freeman ideó una forma de practicarla tan sencilla que en solo veinte minutos podía enseñar a cualquier tonto a realizarla. Nació así la lobotomía transorbital.

Convertido en un verdadero showman, Freeman viajó por todo el país mostrando su prodigioso invento, despertando la admiración de todos sus colegas psiquiatras. En una ocasión memorable, en Virginia Occidental, lobotomizó a treinta y cinco mujeres en una sola tarde. Aunque han sido los casos de las personas de las clases acomodadas los que han pasado a la historia, como el de Rosemary Kennedy, hermana del presidente, la mayoría de los pacientes pertenecían a los márgenes, locos desahuciados por la sociedad. En el Lakin State Hospital for the Colored Insane, por ejemplo, Freeman realizó más de ciento cincuenta lobotomías a pacientes negros pobres cuyos nombres nunca escucharemos.

A mediados de la década de 1950 se publicaron los primeros estudios de las consecuencias de la lobotomía a largo plazo: muchas personas habían quedado en estado vegetal, y la gran mayoría de las que no tenían serias dificultades para llevar una vida normal. Con el mismo fervor con el que las élites médicas se entregaron al milagro de la lobotomía, la repudiaron.

Pero Freeman no estaba dispuesto a renunciar a su revolucionario invento y a su gloria. Se mudó a California e intentó practicar la lobotomía a otro tipo de pacientes, como a niños con problemas de comportamiento. Lobotomizó a diecinueve niños menores de dieciocho años, incluyendo uno de cuatro. En 1967 había llevado a cabo más de dos mil novecientas lobotomías. En febrero de ese año realizó la última, cuyo paciente murió de una hemorragia cerebral.

En sus últimos años de vida Freeman recorrió obsesivamente el país con su coche buscando a sus pacientes, entrevistándose con ellos para demostrar que la lobotomía no era el desastre que ahora se afirmaba. El loquero buscaba consuelo en los locos. Me pregunto si hablaría con Ellen Ionesco y si esta le diría que seguía cansada.

Hace unos años, antes de que nacieran mis hijos, encontré en una librería francesa un libro titulado *La folle histoire des idées folles en psychiatrie*. Es una especie de decálogo de los disparates que ha cometido la psiquiatría en nombre de la cordura, y la lobotomía, por supuesto, se encuentra en el podio. Pero que esta se haya eliminado no quiere decir que la psiquiatría haya renunciado completamente al control del paciente por encima de sus derechos. Las palabras del psiquiatra R. D. Laing señalan acusadoramente a los millones de gabinetes psiquiátricos del mundo entero: «En los mejores lugares, donde se abolieron las camisas de fuerza, se abrieron las puertas, se olvidaron en gran parte las lobotomías, todo esto pudo ser reemplazado por lobotomías y tranquilizantes más sutiles que colocan los barrotes de Bedlam y las puertas cerradas *dentro* del paciente».

La primera visita con mi psiquiatra en el centro de salud confirma el diagnóstico de ansiedad asociada al posparto y valida el tratamiento farmacológico. Me proponen que durante un tiempo me olvide de mis responsabilidades profesionales, pero yo me niego. En el Congreso de los Diputados no existen los permisos de maternidad o paternidad como en otros trabajos. La única opción posible es votar de forma telemática, pero eso supondría renunciar a participar en los debates, las reuniones, cortar la comunicación con la sociedad civil que me ha dado su confianza. Acabamos de asaltar los cielos, y las mujeres comunes hemos podido entrar estrujando las nubes hasta hacernos un sitio. No puedo dejarlo vacío. Afortunadamente, como aún no se ha formado gobierno, la actividad parlamentaria es escasa y eso me da cierta tregua. Espero estar recuperada cuando tenga que incorporarme plenamente.

El primer caso de depresión posparto médicamente documentado en la historia lo describió el portugués João Rodrigues de Castelo Branco en 1551. Se trataba de «la hermosa esposa de Carcinator», que fue atacada por la melancolía después de dar a luz y permaneció loca durante un mes. Un mes, un mes de dolor y pánico, es aceptable, pienso, y estaría dispuesta a firmarlo, a vender mi alma para que así fuera. Pero no todos los casos tuvieron una recuperación tan pronta. Ya en el siglo XX, el doctor Strecker relata una psicosis posparto que se curó al cabo de diecisiete años: «Durante diez años la paciente se mostraba confundida y aletargada, insensible y sucia en la higiene personal. A partir de entonces, mostró periodos alternados de violencia y depresión. Después de trece años comenzó a conversar, con tendencia a la mímica. Gradualmente se volvió clara y alerta, limpia y ordenada, y desarrolló habilidades notables en el bordado y la costura». Es posible que el hijo de esta pobre delirante viera a su madre cuerda por primera vez en su ceremonia de graduación o en la fiesta de su mayoría de edad, y que se preguntara quién era esa señora de semblante sereno que lo miraba orgullosa.

Durante la historia se han probado todo tipo de tratamientos para acelerar estos procesos, desde el almíbar de amapolas, las sangrías o la morfina hasta la terapia electroconvulsiva, esas descargas azules que achicharraron a la poeta Sylvia Plath «como un profeta en el desierto». Hoy la reina indiscutible es la terapia farmacológica, que preside mi mesita de noche en un tubo que promete ser mi salvación. Cada época ha buscado dar con la clave de las causas de la locura posparto, pero incluso hoy, en la era del ADN y la mecánica cuántica, permanecen en la oscuridad. En la Inglaterra victoriana se atribuyó indistintamente a la metástasis de la leche, a una irritación local de las mamas o del útero o a alteraciones del sistema vascular ocasionadas por el parto. Varios médicos obstétricos argumentaron que el uso de fórceps para acelerar el parto podía evitar que las mujeres se volvieran locas, mientras que otros opinaban todo lo contrario. Un tamaño importante de la cabeza del bebé podía ser también el origen, pues aseguraban que la locura se desataba justo en el momento en que esta cruzaba el cuello uterino. Las hormonas se aducen en la actualidad como la principal causa biológica, a lo que suman en mi caso un historial previo de ansiedad, un tratamiento de infertilidad y un arsenal de antecedentes familiares capaz de hacer salivar a cualquier psicoanalista.

Yo trato de hacerle entender al psiquiatra que no, que este no es mi caso, que es todo mucho más sencillo y también mucho más atroz, que, como decía el poeta John Donne, «hay una mortaja en el vientre de nuestra madre, que crece con nosotros desde que somos concebidos», y que yo he visto esa mortaja, que sigo viéndola cada vez que miro a Sara y a David. Yo misma la he tejido, le digo, en esos meses que estuvieron en mi vientre y en los que no fui capaz de darles el don de la inmortalidad.

Qué madre no haría imbatibles a sus hijos, qué madre no lo daría todo para que no perecieran nunca. La ninfa Tetis, conocedora de que su hijo Aquiles era mortal, quiso protegerlo a toda costa. Por eso, al nacer, lo bañó en las negras aguas de la laguna Estigia, que tenían el don de hacer inmortal a quien se sumergiera en ella. Pero al hundirlo, Tetis sujetó a su hijo del talón, por lo que esta parte no tocó las aguas mágicas y se convirtió en su punto vulnerable. De nada sirvieron todos los afanes de su madre, ni siquiera que lo vistiera de niña y lo criara escondido entre féminas para evitar que acudiera a la guerra. En la guerra de Troya, su enemigo Paris le disparó una flecha que lo hirió en el talón y le provocó la muerte. Mientras pienso en cuál será el talón de Aquiles de mis hijos, el psiquiatra me mira con compasión y me da cita para dentro de una semana.

Conforme el cuerpo de mis hijos va creciendo, el mío va menguando y volviendo a su estado previo al embarazo. Los entuertos, una de esas palabras singulares del diccionario materno, corresponden precisamente a eso. El albaricoque que es el útero mide siete centímetros y pesa setenta gramos, pero durante la gestación se vuelve gigantesco y multiplica por diez su tamaño. El entuerto es un dolor sin previo aviso que te sacude ese albaricoque desmesurado en cualquier momento, mientras cambias un pañal, das un biberón, te sacas la leche; es el punzante recordatorio de que el organismo se va acostumbrando al vacío y a su tedio habitual.

Nunca me había enfrentado a mi cuerpo como durante la maternidad. Nunca le he tenido querencia. El cuerpo siempre ha sido para mí el lugar de la burla y la enfermedad. De niña mis dedos largos y delgados motivaron toda suerte de comparaciones con alienígenas entre mis compañeros, y una sudoración excesiva me llevó a detestar mis manos e intentar mantenerlas perennemente tras la espalda. A eso se sumó una afección dermatológica que hizo que mi pelo se desvaneciera de parte de la cabeza, lo que me dio con solo seis años la apariencia de una pequeña franciscana desubicada. Me acostumbré a lucir sombrero, tanto en verano como en invierno, con el que pretendía esconder junto a esa calva infantil todas mis vergüenzas.

Durante el embarazo no solo tuve que exponer mi cuerpo desnudo al personal médico, sino que las máquinas se empecinaban en revelar mis entrañas. Las continuas ecografías me ponían en contacto con una parte de mí que me había esmerado en ignorar. Y en todas ellas destacaba una superficie musculosa y llena de sombras, el útero, el lugar de donde, según Hipócrates, partían seiscientas enfermedades, entre ellas la locura. El útero era para los griegos como una persona poseída por el deseo de tener hijos. Cuando durante mucho tiempo permanecía estéril, decían, se irritaba y era presa de la cólera. Entonces, contaba Platón, «anda errante por todo el cuerpo, bloquea los conductos cerrando el paso al aire e impidiendo la respiración. Cuando esto ocurre, provoca la peor de las angustias». En la antigüedad, el útero errante afectaba especialmente a vírgenes o viudas, a mujeres sin hijos. Perdían la voz, se asfixiaban, rechinaban los dientes, ponían los ojos en blanco. No en vano, fue la palabra griega para útero, *hystéra*, la que dio nombre a la locura de las mujeres por excelencia.

Un talismán del siglo IV a.C. reza «Útero, yo te digo: "Quédate en tu sitio"», y en el Museo Nacional Etrusco de Villa Giulia los turistas admiran exvotos que representan úteros en forma de pececillos, con sus aletas y siluetas redondeadas. Porque el útero era un animal revoltoso dentro de otro animal, que se dedicaba a viajar a su antojo de lado a lado y de arriba abajo por todo el cuerpo y a mordisquear los órganos que se encontraba por el camino. Como disfrutaba de los olores agradables y se precipitaba hacia ellos, pero le molestaban los hediondos y trataba de evitarlos, la forma de devolverlo a su sitio era a través del olfato. Si estaba en la parte superior del cuerpo, bloqueando la garganta de una paciente que había enmudecido súbitamente, el médico debía quemar sustancias malolientes en cantidades cada vez mayores bajo su nariz. Según mi ginecólogo, nada tuvieron que ver las alas de mi útero con que cualquier aroma me provocara náuseas al inicio del embarazo. La culpable, me contó, respondía al nombre de gonodrotina coriónica, una hormona que por lo visto no se parece en nada a un pez.

Durante todo el embarazo me inquietaba sobremanera en la consulta médica cuando, tumbada en la camilla, aparecía la imagen negruzca en el monitor. La miraba de reojo, y solo me centraba en ella cuando ya enfocaba directamente a Feto A o Feto B. Entonces, con una mueca, hacía un esfuerzo sobrehumano para fijar los ojos solo en ellos, para que la vista no volara fuera de sus asombrosos cuerpecitos y me hiciera ver un centímetro de mí misma. «El cuerpo ha terminado siendo tan problemático para las mujeres que a menudo han preferido prescindir de él y viajar como un espíritu incorpóreo», escribió Adrienne Rich en 1976, y sus palabras parecen tener aún hoy el don de la atemporalidad. En la Italia del Renacimiento, lo primero que hacía una mujer al descubrir que estaba embarazada era escribir su testamento. En el siglo XIX, no pocos médicos atribuyeron la locura puerperal al pánico a fallecer en el parto. La experiencia de la princesa Carlota, hija del rey Jorge IV, a quien ni toda su riqueza salvó de morir cuando daba a luz con solo veintiún años, marcó toda una época. Hoy mismo, mientras lees esto, según la Organización Mundial de la Salud más de ochocientas mujeres fallecerán al intentar convertirse en madres. Pero la de la guadaña sabe algo de clases cuando entra en el paritorio, y se ensaña especialmente con las madres que viven en los países más pobres. Ni siquiera el sueño americano te priva de ella: en Estados Unidos, las mujeres racializadas tienen muchas más probabilidades de morir al alumbrar.

No solo el embarazo me obligó a enfrentarme a mi cuerpo, la maternidad persiste en que acepte que somos piel y huesos. Porque yo soy la que sondeo los riñones y corazones de mis hijos, la que corto sus uñas y limpio sus nalgas. La palabra «madre» viene del latín *mater*, la raíz de materia, de todo lo que tiene existencia física. Pero ni siquiera esa contundencia etimológica es capaz de recoger toda la prolijidad de la experiencia. Las madres pasamos gran parte de nuestro tiempo dedicadas a los detalles de los cuerpos de nuestros vástagos. Descubrimos las tonalidades de su piel, sus rarezas, cicatrices,

A principios de la década de 1970, la poeta Sharon Olds mandó sus poemas a una revista literaria. La respuesta que recibió la sobresaltó: «Esta es una revista de literatura. Si desea escribir sobre este tipo de tema, le sugerimos el *Ladies Home Journal*. Los verdaderos temas de la poesía son… temas masculinos, no sus hijos».

Sharon Olds hace del cuerpo de sus hijos –pequeño, resbaladizo, reluciente– el centro de muchos de sus poemas. En ellos desfilan las tareas cotidianas de la madre; el terror que infunde la fiebre, un hueso roto, un ataque de tos; los medicamentos pediátricos que llenan las estanterías, o los particulares gestos que realiza cada uno de sus hijos mientras duerme. Pero al señor que dirigía la revista le parecieron temas banales, femeninos, alejados de la grandeza del arte. Me hubiera gustado hablar con él y contarle que un día mi padre y yo vimos a la muerte. Y entonces, con toda la gallardía de la que un hombre es capaz, lejos de huir, me quedé ahí, al pie de esa cama de hospital, donde le di la comida, le limpié el culo y le conté historias en sus últimos días de vida. Igual que hizo Roland Barthes en el lecho de su madre moribunda. En la entrada de su diario del 19 de noviembre de 1978 explica exactamente lo que me había sucedido: «[Confusión de las funciones]. Durante meses, fui su madre. Es como si hubiera perdido a mi hija (¿hay dolor mayor? No había pensado en eso)». Sharon Olds, Roland Barthes y yo querríamos compartir con ese director literario algo que quizás no ha tenido la fortuna de vivir, que la experiencia de cuidar a alguien despierta una voluntad de protección que conoce pocos límites. Y eso es lo que verdaderamente ilumina los grandes temas de todos los tiempos, porque las injusticias no son males abstractos, sino heridas concretas que lastiman cuerpos vivos que respiran.

En Cabo Cañaveral, el martes 28 de enero de 1986, a las 16 horas, 39 minutos y 13 segundos, siete de estos cuerpos estallaron en el cielo. Ante el horror de millones de espectadores, el transbordador espacial Challenger se convirtió en una bala de fuego poco después de despegar con cinco hombres y dos mujeres a bordo. Una de ellas era la profesora Christa McAuliffe, la primera ciudadana corriente que viajaba al espacio. Su elección formó parte de una campaña para aumentar la popularidad y el prestigio de la carrera espacial. Años antes, el nuevo proyecto de la NASA, que permitiría reutilizar las naves, prometía poner de nuevo a Estados Unidos a la cabeza de la carrera espacial. Para ello, el Congreso aprobó una partida presupuestaria ingente. Pero el brillo de lo que se conoció como la «era del transbordador» pronto empezó a eclipsarse. Los problemas técnicos impidieron que se pudiera cumplir con el ambicioso calendario de lanzamientos, lo que provocó el enfado de la clase política, y tantas misiones convirtieron la aventura de las estrellas en algo rutinario.

La NASA necesitaba un golpe de efecto: enviaría al espacio al primer tripulante no profesional de la historia, para que cualquier americano pudiera sentirse astronauta. Durante semanas se barajaron mil nombres. Muchos afirmaban que el elegido debía ser un poeta, un trovador avezado que pudiera cantarles a los astros. Pero el presidente Ronald Reagan tenía otra idea en mente, y la anunciaría ante una atestada sala de prensa: «Quiero que cuando el transbordador despegue, todo Estados Unidos recuerde la inmensa labor que realizan los docentes de nuestro país». Y entre 11.000 candidatos, la elegida fue Christa, una chica normal, cercana, como nosotras, esposa y madre de dos hijos. A ella y a su muerte le dedicó Sharon Olds un poema, «A favor y en contra del conocimiento», en el que la imagina en el momento de la explosión, pero transmutada en su hija:

> *Si fuera mi hija,*
> *querría saber cómo murió, ¿quedó*
> *descuartizada, quemada?*

La poeta se pone en el lugar de los padres de Christa, que se amontonaban en Cabo Cañaveral junto a quinientos espectadores para ver el lanzamiento, esos padres que gritaron con entusiasmo la cuenta atrás a la vez que los alumnos de su hija, que desde un auditorio del instituto lanzaban serpentinas y hacían sonar trompetillas momentos antes de que todo acabara. Justo en el segundo 73 después del despegue, un fogonazo los deslumbra. La madre y el padre de Christa no entienden qué está pasando. ¿Es ese fuego normal? Cuando la bola en llamas cae al océano, ellos, como Olds en el poema, solo quieren saber una cosa: ¿dónde está mi hija? No importa la metafísica, ella quiere el cuerpo.

> *Y el espíritu,*
> *nunca he entendido el espíritu,*
> *todo lo que sé es la forma que toma,*
> *esa llama de carne vacilante. Aquellos*
> *que saben sobre el espíritu*
> *pueden decirte dónde está y por qué.*

Pronto los ingenieros de la NASA informarían a los padres de Christa de que se había producido un fallo catastrófico, lo que en su idioma significa que varios desastres han confluido a la vez y no hay supervivientes. Al día siguiente, con una América en luto, Reagan trató de consolar a sus conciudadanos declarando que los siete astronautas, ahora héroes nacionales, habían dejado atrás los lazos terrenales y habían visto el rostro de Dios. Pero esto no es lo que quiere la poeta:

Lo que yo quiero
es encontrar cada célula,
sacarla de la boca de los peces,
ceniza en el árbol, hollín en tus ojos
donde ella entra en nuestras vidas, quiero ir
al revés, un puzle de carne quemada
en un millón de estrellas
para encontrar, en el cielo, metal hirviendo
y llevarlo volando de vuelta,
unido y frío.
Devolver ese cohete
a la Tierra, abrir la escotilla
y sacarlos como criaturas recién nacidas,
ordenarlos, familia por familia,
váyanse, dispérsense, no se amontonen.

Con los meses, y gracias a una comisión de investigación de expertos, se descubriría que el transbordador ya había dado problemas técnicos con anterioridad y que numerosos ingenieros avisaron de la posibilidad de la catástrofe. Ese mismo día, carámbanos de hielo de sesenta centímetros cubrían parte del vehículo, presagiando que las bajas temperaturas pudieran dañar el punto débil del Challenger, las juntas tóricas. Así lo advirtieron a los directores de la NASA algunos de los mecánicos en una sellada sala de control, sin que sus palabras traspasaran las paredes. Ese fue, efectivamente, el origen de todo, un trozo de caucho estropeado y los oídos sordos de la NASA. William Lucas, responsable del despegue, decidió seguir adelante a pesar de conocer la posible fatalidad: «Ir al espacio es algo que hacen los grandes países. A veces hay que arriesgar», diría años después, desde una confortable butaca en su casa unifamiliar de Tennessee.

La legislatura avanza y seguimos sin nuevo presidente ni gobierno. Sin embargo, los plenos y comisiones empiezan a realizarse con normalidad, y tengo que combinar la crianza con los viajes a la capital. Antes de partir, de madrugada siempre, cuento las nubes y hago cálculos imposibles sobre las gotas de lluvia que pueden acechar la cuna de mis hijos. Doy instrucciones detalladas al padre, que se queda de guardia en una inversión de roles de la que digo enorgullecerme pero que en el fondo me tortura. La aridez del desierto que cruzo a la salida del sol me recuerda que más de un millón de pasos me separarán de Sara y David en las próximas horas. Madrid representa para mí el llanto de los hijos que no son míos. Puedo andar despreocupada, estar alegre incluso comiendo con compañeros en restaurantes, pero un niño llora en la mesa de al lado y siete espadas me atraviesan el corazón.

Veo a David y Sara en cada proposición de ley, en cada dictamen. Muchas madres han unido sus fuerzas a lo largo de la historia para reivindicar la justicia social. Nunca he pensado que la maternidad te convierta automáticamente en mejor persona, ni que haya sentimientos a los que solo puedan acceder las madres biológicas. Si en algún momento me siento tentada a ese ingenuo esencialismo, acuden a mi mente groseras imágenes de mujeres arias con rollizos niños en brazos, animando a sus compatriotas a cometer las peores atrocidades en nombre de sus vástagos. He encontrado en la pensadora Sara Ruddick un asidero a algunas de las contradicciones que me acompañan en este lance político y maternal. Ella acuñó el término «pensamiento materno» para referirse a los sentimientos y compromisos que adquirimos las que criamos, y que hacen que en tantas ocasiones compartamos y reivindiquemos una postura ética que escucha el dolor ajeno. No sería la tan cacareada biología: no existe persona sobre la faz de la Tierra que no pueda adquirir el pensamiento materno. Y es a través del reconocimiento de este pensamiento como recuperamos la maternidad del angosto marco privado al que la somete el patriarcado y la hacemos estallar en la política.

«Tenemos hambre, no hay carbón, no podemos vestir ni calzar. Nuestros hijos pasan frío y no tienen la alimentación necesaria. ¿Puede esto seguir así? Hoy hemos sido unas cuantas mujeres de la barriada de Atarazanas, mañana será el barrio entero, luego, todas las mujeres de Barcelona, y si no basta y nuestras reclamaciones no son atendidas, propondremos el cierre de las fábricas y acudiremos a pedir solidaridad, no solo a las mujeres de Barcelona, sino a todos los elementos que integran las Sociedades y cuya vida en las actuales circunstancias es imposible», gritó Amàlia Alegre, una militante del Partido Radical, a una masa enardecida en enero de 1918. Días antes, al lado de mi casa, ella y miles de mujeres iniciaban una revuelta para protestar contra el aumento descarnado de los precios de la energía y los productos básicos. Atacaron camiones y ocuparon un almacén de la calle Parlament al grito de «¡Fuera los especuladores! ¡Mujeres a la calle para defendernos contra el hambre!». Según un periodista de la época, los guardias encargados del orden, entre el carbón y el griterío mujeril, se veían más negros que su casco: «Si las autoridades no miran de contener el alza, se encargarán de ello las dueñas de la casa, que hace tiempo que realizan heroicidades de economía doméstica».

Con el tiempo, la memoria de Amàlia Alegre y de tantos otros nombres femeninos se ha difuminado entre alegorías masculinas de la fuerza obrera revolucionaria. Pero David y

Sara me empujan a conservarla. Ellos son mi encarnación de las razones de esta memoria. En un pleno que llevo marcado a fuego, toco sus cuerpos a seiscientos kilómetros de distancia y comparto la rabia de ochenta y un madres y padres que han perdido los de sus hijos.

El 24 de julio de 2013 tuvo lugar el accidente ferroviario de Angrois, en Santiago de Compostela. Hoy las víctimas se encuentran en la tribuna del hemiciclo para asistir al debate sobre la creación de una comisión de investigación que llevan tiempo exigiendo. En el accidente de Angrois confluye lo peor del sistema bipartidista que ha sellado bajo un pacto de silencio la verdad sobre decenas de muertes. Porque según demuestra el estremecedor documental sobre el tema, *Frankenstein 04155*, en la alternancia sistemática de gobierno entre los dos partidos, ambos comparten responsabilidades de un accidente que podría haberse evitado. Y en ese pleno queda claro también que los intereses de las constructoras están demasiado a menudo por encima de la seguridad de los cuerpos que con tanto ahínco cuidamos.

Me conmociona escuchar en las intervenciones de algunos diputados las palabras de las víctimas. «Señoras y señores, no nos generen más dolor». Ese es el peso de nuestra responsabilidad ese día, y qué exigua es. Ya no estamos a tiempo de evitar el aguijón, solo podemos conformarnos con no seguir aguijoneando. Y ni de eso somos capaces. Al final del pleno, el bipartidismo es unívoco en su impiedad. Votan un no que provoca la exasperación de las víctimas que están en tribuna. Se escuchan gritos de «Verdad», «Justicia», «No más mentiras». El presidente del Congreso pide que se desaloje al público y, mientras los servicios de la cámara los invitan a irse, unos cuantos diputados nos ponemos en pie y aplaudimos esa yerma valentía.

Repasando el diario de sesiones mientras escribo esto veo que la taquígrafa dejó anotada la exclamación de una diputada: «Qué vergüenza». No tengo ni idea de si fui yo quien la pronunció, y por un momento deseo haberlo sido. Pero no

deja de ser un anhelo narcisista que solo constata la impotencia ese día de mi labor.

La NASA quería que el mundo se admirara mientras con-
quistaban la estrella más distante del universo. El gobierno de
mi país quería un tren que conectara a la velocidad de la luz
la capital con la periferia. Pero Amàlia Alegre y sus coetáneas
solo querían carbón para que sus hijos no perecieran de frío.
Las madres somos poderosas. Somos el molde de los valientes,
que decía Napoleón. Pero qué impotente se vuelve este molde frente a unos poderes que arrasan sin piedad todo lo que
vamos cultivando.

A causa de la constancia y agudeza de mis crisis nerviosas, me han derivado a la Unidad de Ansiedad del Hospital del Mar. Acostumbrada como estoy a las tinieblas que ocupan mis días normales, la primera consulta a la que acudo es un destello de luz. El hospital está delante de una de las playas de la Barceloneta, y es la primera vez que me enfrento al mar desde que soy madre. Esta mañana me parece extrañamente embravecido para la paz mediterránea, como si una serpiente lo agitara y despertara sus olas. Le ordeno que se calme, pero se obceca en la misma desobediencia que mi cabeza.

Jaime, el psicólogo que me atiende, pone de inmediato el foco en mi hipocondría. Fuera el mar golpea las barandillas oxidadas del espigón con la misma fuerza que a mí la certeza de que padezco cientos de enfermedades. Fueron muchas las mujeres víctimas de la locura puerperal que, como yo, estaban convencidas de que la muerte las aguardaba en la puerta de la consulta, aunque nadie las creyera. En 1852, en los intrincados corredores del manicomio de Edimburgo, Jean Main suplicaba a sus doctores que le dieran medicinas para sacarle las bolas de fuego que le quemaban la garganta y que le abrieran los podridos intestinos. Según el historial, decía tener «todas las enfermedades de las que la carne es heredera». No había consuelo para Jean, que ante la negativa del personal a atender a sus razones amenazaba con violencia a quienes la rodeaban y juraba que les partiría el cráneo. No lo hay para mí, que callo, aletargada, al otro lado de la mesa mientras Jaime toma notas.

No lo hubo para ese hipocondriaco estadounidense que, según leí una vez, hizo grabar en su lápida un «Os dije que estaba enfermo».

La historia de la hipocondría es tan antigua como la de la humanidad; desde el destello del Big Bang alguien ha creído ver en cualquier rayo estelar el presagio de su fin. El término fue acuñado por Hipócrates en el siglo IV a.C., de *hipo*, «debajo», y *chondros*, «cartílago costal», para describir varios problemas del bazo, el hígado y la vesícula biliar. Con el tiempo, tomaría la acepción actual, pues era en esa zona donde los hipocondriacos referían el dolor que iba a matarlos. El médico renacentista André Du Laurens describió tres tipos de melancolía, la que procedía del cerebro, la que se daba por simpatía de todo el cuerpo y la que se producía en el hipocondrio, la mía, la que me emparienta con los portadores de los más poéticos síntomas de la historia de la locura. Entre los célebres hipocondriacos cuyos casos nos han llegado a través de los libros de medicina antigua, se cuenta el de aquel señor que creía tener los pies de cristal y se negaba a caminar para no rompérselos. O el del panadero convencido de estar hecho de mantequilla y al que nadie podía convencer de que se acercara al horno, seguro como estaba de que se iba a fundir. Hubo uno que se asustó tanto al ver un cocodrilo, que quedó convencido de que había perdido un brazo y una pierna, y actuaba como si no los tuviera. Se salvó del cocodrilo, pero no de sí mismo. Mi preferido es el poeta griego Pisander, que creía que el alma había huido de su cuerpo y lo que más temía era volver a encontrársela en algún sitio.

Le cuento a Jaime que, si me sucediera a mí, si encontrara mi alma y pudiera enseñársela, sería de un negro tan oscuro que turbaría sus sentidos. Y desprendería los aromas más repulsivos. Los de la culpa y la muerte. Los de la decepción de unos hijos que antes de aprender a hablar ya han podido probar la endeblez de la madre que los ha parido. Le digo que no hay ninguna pureza en esta madre a la que mira, que vivo en la suciedad de la incompetencia y el retorcimiento. «Ah, la pureza», me contesta, y sonríe. Entonces me habla de mi vulgaridad, y de la inexistencia de esa pureza que tanto anhelo. «No hay nada más sucio que la mente humana», me dice. Me cuenta que entre los síntomas más comunes de la ansiedad posparto se encuentran precisamente esos pensamientos intrusivos, repetitivos y persistentes sobre el horror que me atenazan, y que, en casos extremos, llevan a las nuevas madres a una conducta de evitación fóbica del bebé. «Tendremos que trabajar sobre ello para que no llegues a este extremo», afirma mientras cierra un cuaderno que ya contiene parte de mí.

Salgo de nuevo a la calle. El mar sigue siendo una olla en ebullición, pero ya no me importa. Lo que me mata es ese golpe de luz, de claridad. Corro a la parada del autobús y subo casi sin aliento. Deseo las cortinas de mi cuarto como el sediento el agua. Los griegos pensaban que la causa de la melancolía era la proporción desmesurada de uno de los cuatro humores corporales en nuestro cuerpo, la bilis negra. Por la oscuridad de ese líquido, decía Galeno, el cerebro del que padece melancolía se vuelve tenebroso, y del mismo modo que la noche provoca cierto espanto, no solo a los niños sino también a los más valientes, los melancólicos, por estar nuestro cerebro en una noche eterna, vivimos atemorizados. Nuestra alma se ha acostumbrado a la niebla perpetua y somos enemigos del sol. Llego a casa entre llantos y solo me sacio cuando corro las cortinas. Mis hijos duermen en sus cunas. Casi ni los miro. ¿Esto es todo lo que puedo ofrecerles, una huida desbocada de todos los cuerpos celestes?

Pasan los días y, sorprendentemente, todo parece ir bien. Mis bebés son como dos máquinas que funcionan a la perfección. Me asombro al pensar que he sido yo quien ha diseñado esos engranajes de reloj suizo, que ganan peso a ritmo constante y cumplen las expectativas de la pediatra. Aunque nunca me confío del todo, hay instantes en que consigo relajarme, destellos de inconsciencia donde vislumbro cómo sería una vida en paz con ellos: arrumacos y carcajadas sobre un fondo que ya no es tan lúgubre, a veces incluso destellan los metales preciosos de todos los tesoros que podría albergar. Con Tomás, los días que estoy en Barcelona, adquirimos la costumbre de subir hasta la cima de un monte cercano a casa. Las calles que conducen hasta allí son muy empinadas, y ante el temor de que el carrito se nos resbale de las manos, lo unimos con una correa a la muñeca de Tomás. Y así paseamos, erguidos y seguros, esas dos pequeñas joyas pertrechadas bajo la lana de mil mantas. Cuando llegamos a la punta más alta de la montaña azulada, después de atravesar civilizados parterres y conquistar el pinar en lo alto, a nuestros pies se despliega la ciudad y un mar tan vasto que dudo si los niños serán capaces de percibirlo. De pequeña mi madre me contó que las hormigas no podían verme, eran tan diminutas, decía, que simplemente su cerebro no era capaz de procesar la existencia de algo tan gigante. Ni un átomo de este inmenso océano sois, hijos míos, y sin embargo de vosotros depende toda mi existencia.

Una mañana, Sara despierta con tos. Había tosido algo el día anterior, pero la doctora no le dio mucha más importancia y se limitó a decirnos que, si seguía tosiendo, la volviéramos a llevar. Esta mañana tose más. Apenas pesa dos kilos. Su padre la lleva de nuevo al centro de salud. Me quedo con David y le pido a Tomás que le pregunte a la doctora si podemos salir a pasear cuando regrese. Mientras ella tose, yo pienso en volver a pisar la cima. Eso tenía en mente, salir a pasear. Cuando te relajas, cuando te desprendes del miedo que te atenaza, llega la devastación.

El autor infantil Maurice Sendak contó en una entrevista que cuando su padre llegaba a casa contento, feliz con una buena nueva, su madre le hacía callar con un sonoro y siniestro «chsss…»: «No vayas por ahí diciendo que te sientes bien, porque podrías provocar la ira de Dios y él te mataría», solía decirle. Yo quería ir a pasear y el universo no me lo perdona. Al cabo de poco de salir de casa, Tomás me llama. Van a ingresar a Sara en el hospital infantil Sant Joan de Déu. Tiene una bronquiolitis.

Mi hija tiene mocos, demasiados, y sus bronquios diminutos no pueden expulsarlos. Al cabo de unos días nos confirman que la bronquiolitis está provocada por el VRS, el virus sincicial respiratorio. Lo que en un adulto es un simple resfriado, en algunos bebés, mucho más si son prematuros, puede ser de considerable gravedad. En el tiempo que pasamos en el hospital me entero de que, en los meses de invierno, el temido VRS es una epidemia entre los niños que satura de ahogos las emergencias pediátricas.

Pasamos unos días en la habitación, con máscara de oxígeno y cortisona para mantener la inflamación bajo control. Me imagino subiendo la montaña azulada de nuevo con Sara, pero sé que los pinos han perdido su frondosidad. Estoy casi convencida de que los mares que divisábamos hace apenas unos días se están secando. Cada pocas horas, los médicos interrumpen mis apocalípticas elucubraciones y entran en la habitación para escuchar la respiración de Sara con un estetoscopio. Frente a los brillantes monitores o los termómetros digitales, este instrumento, tan esencial para controlar la salud de mi hija, me parece un artilugio de otro siglo. A través de él perciben las sibilancias. Y aunque esta palabra tiene en su sonoridad algo mágico, no augura nada bueno. Al principio parece que los pulmones de Sara son pequeños pero fuertes, y las enfermeras nos dicen que remonta. Pero hay un concierto en sus alveolos que cada vez se parece más a una marcha fúnebre.

Un domingo está más decaída y tienen que subirle la cantidad de oxígeno varias veces. Al atardecer estoy dándole el pecho y, aunque quiere coger el pezón, aunque está hambrienta, noto que se ahoga. Quiero alimentar a mi hija y un tirano le está robando el aire. Empieza el desfile de doctoras y enfermeras, y por un momento pienso que hasta yo puedo escuchar las sibilancias. A medianoche las oigo con toda claridad, me gritan al oído. Y se lo digo a los médicos, que se ahoga, y el mundo con ella.

Finalmente, deciden bajarla a la UCI. Allí le ponen una máscara que podría ser tanto de buceador como de un psicópata hollywoodiense. Detrás de ella, me parece intuir su llanto, pero no consigo escuchar nada. Mi hija se halla suspendida en el tiempo. Tiene manos, y no palpa; tiene pies, y no camina; su garganta no emite sonido alguno. Les pregunto a los médicos qué va a pasar. Me dicen que hay que ver cómo evoluciona. Y yo solo quiero arrancar las páginas del calendario.

Le tomo la pequeña mano que encuentro entre la multitud de cables que la tapan. Miro las dos manos juntas. En la entrada de la planta pediátrica hay un gran cartel que dice: «Si las manos a conciencia te lavas, con el VRS acabas». Desde que lo vi, por mucho que me las lave, por mucho que me las frote, me las siento sucias. Quiero limpiarlas hacia atrás, hasta antes del virus, hasta antes de infectar a Sara con la corrupción de mi piel. Con los días se irán agrietando, me saldrán incluso heridas de la fuerza con que las restriego contra la toalla y el papel de secar, pero no conseguiré darle la vuelta al tiempo.

Sara se mueve, está inquieta, se queja. Poco a poco se va relajando hasta quedarse dormida. Solo puede haber un acompañante en la unidad de la UCI, y yo estoy al borde del colapso. En plena madrugada, Tomás me sustituye y voy a dormir a casa con David. Antes de irme, la doctora me advierte: «Si no responde con la máscara, tendremos que tomar otras medidas».

Cuando llego a casa, miro a David mientras sueña, ajeno a todo, en su cuna. Mi madre ronca a su lado. Yo me siento en el sofá con los ojos bien abiertos. Solo quiero descansar un poco, con el teléfono cerca, con la mente en la UCI, al lado de Sara, de guardia. Pero tengo la desfachatez de dormirme. Ha empezado a llover y la lluvia golpea los cristales. Incorporo el tamborileo a mi sueño. La terraza está llena de ranas que golpean las ventanas para entrar al salón. Sé que quieren saltar sobre mí, sobre Sara, sobre todo lo que tiene vida, y no puedo permitirlo. Empujo la puerta para impedir que la derriben, pero su fuerza me tumba. De repente, me despierta una llamada. Han intubado a mi hija. Mientras yo yacía vencida por el sueño y las ranas.

La UCI es como un centro de control espacial. En el núcleo se encuentran los ordenadores con los que ingenieros y mecánicos vigilan las máquinas que son los cuerpos de nuestros hijos; en el universo que es la sala, desperdigadas, las naves en las que se curan los niños, con mil monitores que de vez en cuando mandan un aviso. Las horas de espera son largas, tediosas, incluso puedes olvidar por un segundo dónde te hallas. Hasta que se dispara una alarma, y alzas los ojos mirando el monitor de tu hijo y suplicando con todo tu egoísmo que el que suena sea el de otro.

A veces las razones de la alarma son banales. Un cable que se ha desconectado o un sensor que no funciona como debería. En el caso de Sara, suele deberse a una caída de oxígeno. Entonces las enfermeras se abalanzan sobre ella y, con un instrumento cuyo nombre desconozco, le insuflan aire manualmente. A mí esa operación me recuerda a cuando la lumbre de la chimenea está a punto de extinguirse y con un fuelle se le lanza aire para que se reavive. Eso es un poco lo que intentan con mi hija, que el fuego no se apague.

Es ese mismo aparato, el fuelle, el origen de la palabra «loco» en un gran número de lenguas. *Fool* en inglés, *fou* en francés o *foll* en catalán proceden del latín *follis*, que designaba esa bolsa de piel llena de aire. Los locos tenemos la cabeza llena de aire. El mismo aire que hace que el fuego siga ardiendo, el mismo aire que da vida. Un soplo nada más es el mortal.

Siempre es de noche en la UCI. Sin luz exterior, solo los cambios de turno con Tomás me hacen darme cuenta de que existe el día. Encima de cada cama hay un espacio para poner el nombre del paciente, que normalmente se decora con dibujos que hacen que no olvidemos que estamos en un espacio infantil. Cuando un día llego a sustituir a Tomás, veo que junto al nombre de Sara ha puesto un dibujo hecho por él mismo. En él se ve a una Sara bebé, apenas sin pelo, con las venas de la cabeza que se filtran por su fina piel, pero completamente erguida. Vestida de época isabelina, con una gorguera al cuello y una solemne banda, sostiene una espada.

Esta Sara shakesperiana me hace pensar en Cordelia, en su padre loco y en una de las escenas más tristes de la historia de la literatura. Mientras su hija yace muerta en sus brazos casi al fin de la tragedia, el rey Lear implora:

¿Por qué un perro, un caballo, una rata tienen su vida
y tú ni siquiera respiras?

Pero mi pequeña Cordelia tiene una espada. Y respira, a través de una máquina, pero respira.

Antes de que muera Cordelia, cuando aún le queda un hálito de vida, Lear le hace una promesa:

> *Y será todo un vivir*
> *y rezar y cantar y contar viejos cuentos*
> *y de las mariposas doradas reírnos,*
> *[...].*
> *Y en la prisión amurallada, sobreviviremos*
> *a los partidos y facciones de los grandes*
> *que fluyen y refluyen con la luna.*

Ellos no han podido hacerlo, Sara, hagámoslo nosotras.

Una de las cosas que más sorprende a mi familia es la supuesta entereza con la que estoy viviendo esta situación. Pero nada más lejos de la realidad. Tengo una inmensa red de atenciones hacia mí y hacia mis hijos que me permite mantener una apariencia de cordura mientras la locura se ensancha.

Durante los meses posteriores al parto se produce el efluvio telógeno, que consiste en la debilitación del cabello y su caída masiva. Siempre he tenido el vicio de acariciarme el cabello y estos días acompaño a menudo con la mano los pelos que van cayendo. Pero un día, cuando estoy sola, siento el deseo de arrancármelo, y procedo a hacerlo sin miramientos, mechones enteros. De una forma compulsiva lo dirijo hasta la boca y lo engullo ante mi propio asombro. Recuerdo que cuando era pequeña, en una visita al zoo, vi al célebre gorila albino Copito de Nieve hacer exactamente lo mismo. Frente al tumulto de espectadores, se arrancaba el pelo sin ningún pudor, lo que seguramente le habría producido las calvas que se observaban en su rosada piel, y se lo tragaba. Tan ancho. Como si fuera lo más normal del mundo.

Poco a poco me voy trasmutando en animal y la razón me abandona. La bestialidad siempre ha estado relacionada con la locura. La Biblia nos avisa de que si desoyes su voz, «Yahvé te herirá de delirio», y eso es exactamente lo que hace con Nabucodonosor, el rey babilonio cuya jactancia castigó. Su grandeza había aumentado tanto que llegaba hasta el cielo, y su soberanía se extendía hasta los confines de la Tierra. Pese a las advertencias divinas en forma de sueño, Nabucodonosor continuó su opulenta deriva. El altísimo decidió entonces que lo apartaría de los hombres y viviría como las bestias del campo: «Te darán de comer hierba, como a los toros, y quedarás empapado por el rocío del cielo». Así vivió durante siete años, hasta conseguir el perdón. William Blake lo inmortalizó a cuatro patas en una caverna, con pelos parecidos a plumas de águila, retorcidas garras y la mirada extraviada en la demencia.

Un día, mientras me saco la leche que después alimentará por la sonda a Sara, empiezo a temer que el pelo que engullo esté contaminando el pan de mi hija. Cuando llego al hospital, con la botellita en la nevera portátil, me quedo en el umbral, le pido a un médico que se acerque y lo confieso todo. Que cuando nadie me ve me arranco el pelo y me lo como, como Copito de Nieve, le digo, y que no quiero que le den a mi hija esa leche envenenada. El médico me mira incrédulo y me dice que no pasa nada, que la leche está bien, y que le cuente lo que me sucede a un psiquiatra. Coge la botellita y se va. Su sorpresa y frialdad me avergüenzan y son un golpe de realidad. Soy una madre loca y no debería haberle dicho nada. Esas mismas palabras reverberan en mi cabeza mientras escribo esto, pero por alguna razón no puedo borrarlo.

Cuando hablo con el psicólogo me explica que lo que me pasa es un fenómeno que se da en altos niveles de ansiedad. Se denomina tricofagia. En casos extremos, los pelos acaban formando bolas en el estómago que tienen que ser extraídas mediante cirugía. Más tarde leeré que es habitual que se produzca en los animales en cautividad, especialmente los simios, que intentan aplacar de esta forma su encarcelada inquietud.

En la *Divina comedia*, Dante ejemplifica la locura como castigo precisamente con una madre loca convertida en bestia. Es Hécuba, reina de Troya, célebre por su fecundidad y que, según Eurípides, dio a luz a cincuenta hijos. Después de la caída de Troya, Hécuba ha perdido su reino y a casi todos sus hijos. Prisionera del enemigo griego, solo le queda el consuelo de tener a su lado a su hija Políxena y saber que su hijo Polidoro sobrevive junto a sus riquezas protegido por el rey de Tracia. Pero sus captores deciden sacrificar a Políxena, y mientras Hécuba se lamenta frente al mar de su muerte, divisa entre las olas el cuerpo del único hijo que creía vivo. «Increíble, increíble, inesperado, inesperado», grita. Al descubrir que ha sido su supuesto salvador, el rey tracio, quien lo ha matado para quedarse con su fortuna, Hécuba pergeña una terrible venganza: junto a las otras prisioneras troyanas, muchas de ellas venerables madres, acuchilla a los hijos del asesino y a él le aguijonea los ojos hasta dejarlo ciego. «Llegarás a ser una perra con mirada de color de fuego», le maldice el rey, malherido. La gente de Tracia, encolerizada ante la atrocidad del crimen, ataca a Hécuba arrojándole piedras, pero ella, con un ronco gruñido, las persigue, intentando morderlas; al abrir las fauces para pronunciar palabra, le salen ladridos. Convertida en perra, está condenada a sufrir como bestia toda la eternidad.

Dante y Virgilio encuentran a Hécuba en el décimo y último foso del octavo círculo del infierno. A un lado del mismísimo Satanás, se encuentran los charlatanes y los falsificadores, los mentirosos y los impostores, cuyo castigo es la lepra, la hidropesía y la locura. Y allí está la reina Hécuba, torturada por la visión de sus hijos muertos.

El alma desgarrada y de horror llena
aullaba de dolor que daba pena.

No ha dejado de llover desde que las ranas asaltaran mi terraza. Las compuertas del cielo llevan diez días abiertas y caen manantiales que lo arrasan todo. Tomás y yo nos turnamos el tiempo que pasamos en la UCI, y en el camino desde la puerta del hospital hasta la estación de taxi, mi ropa se empapa sin remedio.

Una enfermera me comenta un día la suerte que tengo de tener un padre así a mi lado. «No es habitual que pasen tanto tiempo como las madres junto a los niños», me confiesa. Reconozco un reproche en sus palabras y asiento con la cabeza gacha.

De repente una mañana, cuando llego a la UCI, percibo la brisa entre mi piel y la ropa seca. Y entonces lo adivino. Bramarán las ondas, pero no pasarán; se levantarán tempestades, pero no vencerán. Un arco de siete brillantes colores se abre paso entre las nubes y Sara abre los ojos.

El décimo día Sara presenta una mejora importante y proceden a desintubarla. Me hacen salir de la UCI y, cuando vuelvo a entrar, la encuentro despertando, poco a poco, como de una siesta, como si solo se estuviera desperezando. Parece repetir despreocupadamente las palabras de su primera pediatra, «La vida se abre paso», casi como si nada.

Permanecemos unos días más en el hospital hasta que le dan el alta. Los médicos nos cuentan que muy probablemente tendrá los pulmones sensibles. Sufrirá bronquitis repetidamente y es posible que incluso asma. Y así es. Tanto Sara como David, en sus primeros años, van encadenando crisis respiratorias.

El psicoanalista Franz Alexander acuñó el término madre asmatogénica. Fue él quien empezó a hablar de los trastornos psicosomáticos en la década de 1930. Estos incluían un gran número de desórdenes, pero todos apuntaban a una culpable, la madre. El asma, según explica Alexander en su influyente tratado *Psychosomatic Medicine*, esconde una dependencia reprimida hacia la progenitora. La madre asmatogénica es aquella que muestra un «abierto rechazo» y es el deseo hacia ella lo que provoca el espasmo de los bronquios en el hijo: un ataque de asma es, en definitiva, «un grito a la madre». ¿Me llamaba Sara desde detrás de la inmensidad de cables durante ese sueño inducido? Me obligo a pensar en los pulmones pequeños fruto de su prematuridad cada vez que David o Sara sufren una crisis. Llamo a mi lado científico, resueltamente feminista, invoco toda la retahíla de críticas al psicoanálisis que he leído a lo largo de mi vida, pero el dedo acusador de Alexander me señala desde su respetable tumba.

La madre asmatogénica por excelencia es Jeanne Clémence Weil Proust. Biógrafos y críticos la han culpado sin dubitación de la mala salud del célebre escritor. Desde su nacimiento, Marcel Proust es un niño frágil y enfermizo, que mostrará muy pronto un temperamento extremadamente sensible, con reacciones de ira y llanto ante cualquier contrariedad. A los nueve años sufre su primera crisis asmática, cuando al volver de un paseo familiar se ahoga tanto que los que lo acompañan temen por su vida. Su padre, médico, no sabe cómo curarlo. Consigue apaciguarlo enderezándolo contra un grueso manual médico. En esa forzada rectitud de su cuerpo el aire empieza a fluir de nuevo.

El amor de Proust hacia su madre es extremo, y según todos los proustianos mantendrá a lo largo de su vida una relación demasiado estrecha con ella. La monja que cuidó a su madre en el lecho de muerte le diría más tarde al escritor: «Para ella, seguía teniendo usted cuatro años». Y él se lamentará de que, tras su fallecimiento, «mi vida ha perdido su único objetivo, su única dulzura, su único amor, su único consuelo».

Alice Miller, reputada psicóloga y psicoanalista con un extenso y reconocido trabajo contra el abuso infantil, afirma sin ambages que el asma que sufrió Proust toda la vida y su posterior muerte de neumonía se debieron a una madre, en este caso, demasiado entregada y controladora. «Respiraba demasiado aire ("amor") y no le estaba permitido exhalar el aire sobrante ("control")».

Los primeros meses después de la muerte de su madre, Proust permanece absolutamente incapaz de reaccionar, con una inactividad que es el fruto, quizás, de demasiada pasión. «Un gran amor es una angustia a cada instante», llega a afirmar. Pero poco a poco ese mismo amor le hace reaccionar. En una carta, le confía a su amigo Maurice Duplay:

«Cuando perdí a mamá, tuve ganas de desaparecer. No de matarme, porque no quería acabar como un protagonista de página de sucesos, sino de dejarme morir privándome de alimentos y de sueño. Pensé entonces que conmigo desaparecería el recuerdo que conservaba de ella, ese recuerdo de un fervor único, y que la arrastraría a una segunda muerte, esa definitiva, que cometería una suerte de parricidio».

Pero la idea del parricidio hacia su madre lo perseguirá toda la vida. Los grandes biógrafos se han centrado en el dolor que pudo provocar madame Proust a su hijo, y poco en lo inverso, el sufrimiento que Marcel infligió a su madre, a pesar de que fue una idea obsesiva para él: «Me amó cien veces demasiado, ya que ahora me abruma la doble tortura de pensar que pudo saber, con qué ansiedad, que me abandonaba, y sobre todo de pensar que todo el final de su vida se vio afligido por una constante preocupación por mi salud». Se culpa de haber sido demasiado duro y exigente con ella, y de haberle provocado con sus malos hábitos una mortal inquietud.

Casi dos años después de la muerte de madame Proust, el escritor lee en el periódico que un conocido suyo de la alta sociedad francesa, Henri van Blarenberghe, ha asesinado a puñaladas a su madre, a la que sin embargo amaba con locura. Proust queda impactado por las últimas palabras de la desdichada víctima; al darse cuenta de que había sido su propio hijo quien le había clavado el cuchillo, se arrastró a la escalinata y poco antes de derrumbarse profirió con los brazos en alto: «Qué has hecho de mí, Henri, qué has hecho de mí». Un mes después, Proust publica en *Le Figaro* un texto titulado «Sentimientos filiales de un parricida», en el que reflexiona sobre el suceso para acabar identificándose con el asesino y confesando cómo él mismo mató a su madre en vida, como todos nosotros lo hacemos un poco:

«"¡Qué has hecho de mí! ¡Qué has hecho de mí!"». Si quisiéramos pensar en ello, acaso no haya una madre realmente amorosa que en su último día, y con frecuencia mucho antes, no pudiese dirigir este reproche a su hijo. En el fondo, envejecemos, matamos todo lo que nos ama con los disgustos que le damos, hasta con la inquieta ternura que le inspiramos y a la que ponemos en constantes alarmas».

Yo vivo obsesionada con la salud de mis hijos, con el dolor que mi locura pueda estar infligiéndoles, pero no pienso ni un segundo en mi madre, que muy probablemente, desde algún rincón del mundo, esté gritando, con la madre de Proust: «Qué has hecho de mí».

Cuando llegamos a casa desde el hospital con Sara, mi madre nos espera. Está feliz. Me mira contenta y yo le respondo con una mirada de reproche. «Chsss...». Como la señora Sendak, temo la ira del cielo. El primer ay ha pasado, pero pueden venir otros. Hace tiempo que no dejo a mi madre alegrarse por nada, y ella ha ido adoptando la identidad de una tortuga.

Durante el tratamiento de fertilidad, cuando mis ovarios confirmaron su aridez, cada mañana me sometía a una ecografía en la que contaban y medían mis ovocitos. Y eso era un páramo casi yermo. Cuando salía, le transmitía el veredicto a mi hermana y a Tomás, y callaba mi desolación ovárica para el resto del mundo. Mi hermana se lo comunicaba a mi madre, que como único mensaje me mandaba cada tarde un emoticono de una tortuga. Era su manera de decir que poco a poco todo iría bien.

Pero de alguna forma creo que me estaba diciendo que ella misma era una tortuga. Dispuesta a desaparecer y meter su cabeza dentro del caparazón si suponía una molestia, de salir y venir a mi encuentro sigilosamente y sin importunar a nadie si la necesitaba. Una tortuga vieja, eterna, sin derecho a la desaparición, porque yo constantemente le decía que tenía que cuidarse, que aún la necesitaba. Siempre vi en ella una especie de dispositivo multiusos perpetuamente en marcha, que tan pronto estaba obligada a hablarme como a convertirse en silencio, a la que tan pronto exigía que me consolara de todos los males del mundo como que ignorara mi dolor, a la que tan pronto acusaba de ahogarme con sus cuidados como le reprochaba sus descuidos.

Mi madre cuenta a todo el que quiera escucharla una vieja leyenda que autores como Jacint Verdaguer o Joaquín Dicenta convirtieron en poema en el siglo XIX. Un joven bueno y atento con su madre se enamora de una malvada mujer. Esta le pide que, como prueba de su amor, le sirva el corazón de su madre en una bandeja. El chico, cegado de deseo, acude a la alcoba de la madre y, mientras esta duerme, le arranca el corazón. Al huir con el trofeo en sus brazos, cae de bruces al suelo, y con él, el corazón materno, que emite sus últimas palabras:

> *Y al dar en el pavimento*
> *ese ensangrentado lío*
> *murmuró con tierno acento:*
> *¿Te has hecho daño, hijo mío?*

Según mi madre y este poema, escrito en el apogeo de la idealización del ángel del hogar, el corazón de una madre jamás olvida que su principal dolor es el de su hijo.

Yo de alguna forma siempre he culpado a mi madre por aceptar ser ejemplo vivo de esta ideología del sacrificio, pero también me he aprovechado de ese papel y a su vez lo he perpetuado. La poeta Lynn Sukenick llamó a esto matrofobia: rechazamos a nuestras madres, tenemos pánico a convertirnos en las mujeres abnegadas y martirizadas que son, porque es más fácil culpar al individuo que reconocer y combatir las fuerzas que actúan sobre él.

Las madres estamos abocadas al fracaso. Porque en toda vida hay caídas. Y al ser nosotras la vía de entrada de esa vida al mundo, no hay nada más fácil que erigirnos en las culpables. Hay un foco que nos deslumbra y nos somete al mayor de los escrutinios, cargamos con la maldición de la maternidad bajo vigilancia: se nos ridiculiza cuando se considera que nuestras demostraciones de afecto e inquietud son desmesuradas, se nos criminaliza cuando se juzga que desatendemos a nuestros hijos. En la cocina del patriarcado, las mujeres nunca podremos dar con las dosis exactas de los ingredientes de la buena maternidad. A ninguna mujer se la cubre de gloria por hacer de madre de sus hijos, al fin y al cabo, está en su instinto, pero si no lo hace, se convierte en la encarnación del mal.

Las madres vivimos en el reino de la responsabilidad impotente, según Adrienne Rich. El bebé depende de forma extrema de su madre, pero poco a poco aprenderá que ese poder materno va acompañado de una impotencia desmesurada. Cómo se empequeñece la vigorosa presencia materna cuando el temporal arrecia y tiene que enfrentarse a un juez, un trabajador social o el ejecutivo de una inmobiliaria.

A mi madre también la observaban por la mirilla mientras nos criaba. Divorciada cuando teníamos pocos años, se la acusó de malcriarnos y a la vez de recortar en nuestros gastos. Por su centro de trabajo, que compartía con mi padre y con su nueva esposa, corría el rumor de que se gastaba el dinero de la pensión con su nuevo novio y a nosotras nos vestía con harapos que compraba en el Sepu, unos grandes almacenes que había en las Ramblas y que tenían amplia reputación por su mala calidad y escasa estética.

Me cuesta pensar en la humillación que debió de sentir mi madre y cómo tantas veces ahondé en ella. Cómo la acusaba, le exigía, la despreciaba, cómo la culpaba del descalabro familiar y de todas las injusticias del mundo, incluidas las que ella sufría. Cómo jamás le concedí el derecho al error, que sin embargo tanto le di a mi padre. Desde que soy madre a veces no puedo dormir por la noche, pensando en eso, en lo que le dije ese día, lo que le escribí el otro, y la llamo; la despierto de madrugada sin consideración alguna y le digo: Mamá, no puedo dormir, por lo que te hice, porque no me di cuenta, por cómo te estropeé esa noche de Reyes, el día de tu cumpleaños, los miles de tardes en que llegabas derrotada del trabajo y yo, como una sanguijuela, pedía más y más, y luego menos y menos. Y ella me dice que no, que no pasa nada, que

La historia de la evolución se ha narrado como el triunfo de la razón sobre la emoción, del adiós a nuestra bestialidad primitiva, que solo aflora de vez en cuando para dejar constancia de cómo hemos sabido imponernos a ella. «Ciertas expresiones de la vida humana, los cabellos erizándose bajo la influencia de un terror extremo, los dientes descubriéndose en lo fuerte de la rabia, son casi inexplicables si no se admite que el hombre vivió en otro tiempo en una condición muy inferior y vecina a la animalidad», escribió Charles Darwin. Sin embargo, al propio Darwin se le erizaba demasiado a menudo el vello, le aumentaba la sudoración y se le disparaba el ritmo cardiaco como si se encontrara delante de un depredador carnicero. Y ese depredador no era otro que el miedo a la enfermedad.

Hijo de médico, Darwin empezó la carrera de Medicina, que luego abandonó por la de Geología y Ciencias Naturales. Una de las razones que pesó en esa decisión, explicaría años después, fue la honda impresión que le causó presenciar dos operaciones con final trágico, una de ellas a un niño de corta edad, cuya luctuosa visión lo obsesionaría durante años. En su autobiografía, Darwin confiesa cómo el pánico hipocondriaco se apoderó de él mientras esperaba para zarpar en el Beagle:

«Aquellos dos meses en Plymouth fueron los más tristes que he pasado nunca, aunque me ejercité de diversas maneras. Yo andaba desanimado ante la idea de dejar a toda mi familia y amigos por tanto tiempo, y el clima me parecía indeciblemente sombrío. Me preocupaban también unas palpitaciones y un dolor que sentía cerca del corazón. Como muchos jóvenes ignorantes, sobre todo los que tienen conocimientos rudimentarios de medicina, estaba convencido de padecer una enfermedad cardiaca. No consulté a ningún médico porque esperaba oír el veredicto de que no era apto para el viaje y yo estaba decidido a ir a toda costa».

Esa preocupación lo perseguiría de por vida. Vomitaba frecuentemente y sufría constantes dolores de estómago, agotamiento, temblores, mareos y náuseas. Él mismo se dedicó a anotar en lo que llamó *Diario de salud* y en diversas notas para sus doctores todos los males que lo asediaban. Un día cualquiera de 1835, por ejemplo, escribió: «Durante veinticinco años, flatulencias espasmódicas extremas diarias y nocturnas: vómitos ocasionales; en dos ocasiones prolongados durante meses. Secreción extrema de saliva con flatulencia. Vómitos precedidos de escalofríos, llanto histérico, sensación de que voy a morir o desmayarme. Orina copiosa muy pálida. Zumbido en los oídos, balanceos, visión de motas negras en el aire. Nerviosismo extremo cuando E. se va». Ninguno de los veinte médicos a los que consultó supo dar un diagnóstico certero. Los historiadores se han dedicado a bucear en los miles de páginas caligrafiadas de cartas y diarios en busca de los síntomas. Aunque han propuesto explicaciones varias, algunas tan rebuscadas como una extraña alergia a las palomas que usaba para sus experimentos, ninguno ha llegado a una conclusión definitiva, y el origen nervioso de sus dolencias sigue siendo el más plausible.

A causa de esta mala salud, que él sentía espantosamente real, Darwin vivió cada vez más recluido. Sus nervios se resentían ante cualquier compromiso social, y las visitas de familiares y amigos a su casa en el campo le provocaban una profunda agitación que luego no le permitía conciliar el sueño. Pasaba las noches aterrado, aunque él mismo sufría atisbos de lucidez que lo hacían todo aún más ridículo: «Mi razón se burla y me dice que no hay nada que temer».

Desde que nacieron mis hijos, yo también paso las horas de oscuridad temblando. No hay noche que no esté salpicada de despertares empapados en sudor que me llevan a temer lo peor. Me perturba la salud de los niños, pero también la mía. Mi piel se convierte en un campo plagado de minas, y la visión de una mancha, un lunar o cualquier protuberancia puede hacer estallar el mundo en cualquier momento. Me palpo constantemente, llegando a producirme yo misma morados que luego me inquietan como si no supiera su causa. Y empiezo a sortear la visión de mi cuerpo. Las tinieblas ganan cada vez más terreno a mi alrededor. Me ducho con la luz apagada, me peino en la penumbra, me visto con el reflejo de la lámpara del pasillo. Y evito los espejos. Como una dama en una película de terror que teme que la vela en la mano ilumine el espectro a su espalda, aparto la mirada cada vez que cualquier superficie me devuelve mi imagen.

Empiezo a someter a mi familia a largos interrogatorios sobre cualquier síntoma. Me duele aquí, qué puede ser. Notas este bulto que me siento en la ingle. Ves esta peca que antes no tenía. Estos mareos no son normales. La red que teje mi hipocondría se apodera de toda la familia. Mi persistencia y mi incapacidad para saciarme acaban confundiendo a todo el mundo que me rodea, y llega un punto en que nadie puede distinguir salud de enfermedad. En esta mansión lúgubre en la que se ha convertido mi casa, ya nadie pisa suelo firme.

Con Jaime trabajo una terapia de tipo cognitivo-conductual, cuyo objetivo es proporcionarme herramientas prácticas que pueda usar de inmediato y me ayuden a modificar mi comportamiento. Para ello, me impone pequeños retos que a mí me parecen heroicidades: abrir las luces para algunas de las tareas de aseo personal; dejar de realizar comprobaciones táctiles en mi cuerpo constantemente; y, como una señora pudorosa, ir descubriendo poco a poco ante el espejo cada vez más partes de mis miembros. Y, sobre todo, quiere romper esa maraña de consultas médicas en la que enredo a mi entorno y que, me asegura, son más adictivas para mí que el más potente opiáceo. Para ello, llama a consultas a mi familia, que recibe el mandato de ignorar mis súplicas. Desde entonces, en mis llamadas desesperadas ante una señal inequívoca de enfermedad grave en mi cuerpo, mi familia debe repetir como un mantra que me quiere y que precisamente por eso no va a alimentar mi obsesión.

Al anochecer, sentados en el sofá cuando los niños ya duermen, en silencio, siento que, aunque tuviera a mi disposición unos anteojos, no podría ver a Tomás, de lo lejos que se ha ido. Lo culpo por su falta de comprensión y no tengo ninguna intención de ir a su encuentro. Soy indemne a la certeza de que el infierno en que he convertido estos primeros meses de mi maternidad, a él también lo quema. Me paseo ofendida por la casa, pero también de vez en cuando mascullo un perdón por cada uno de los pasos errados que doy. Soy víctima y verdugo, y a él no le dejo nada. Eso sí, le exijo la palabra exacta a cada instante. Ante cada síntoma, ante cada duda. Y nunca acierta.

Jaime y la experiencia me dicen que no hay consuelo para el hipocondriaco. Cualquier validación es solo momentánea, porque al poco se agrieta la veracidad de la prueba o el miedo voraz se transporta a otro síntoma aún más temible. A Charles Darwin lo asistió durante toda su vida su padre médico. Pero sus respuestas nunca lo satisfacían. «Le hablé de la insensibilidad de las yemas de mis dedos –le contaría en una ocasión a su esposa Emma por carta–, pero su única reflexión fue: "¡Sí, sí, claro, por supuesto, vaya, es una neuralgia, sí, sí, claro!"».

La historia de la humanidad es también la historia de la búsqueda de alivio para el hipocondriaco. Antes de que el electroshock o los antipsicóticos se usaran como armas de destrucción masiva de la imaginación hipocondriaca, el ingenio fue una poderosa medicina. Así lo cuenta Robert Burton, el clérigo inglés que en 1621 publicó el compendio *Anatomía de la melancolía*, donde expone en más de dos mil páginas todos los males de la locura. Cuando trata la hipocondría, propone los más curiosos remedios. Como el de esa mujer convencida de que se había tragado una culebra, a la que su médico dio un vomitivo y puso una serpiente como la descrita por ella en la bacinilla. Al verla, quedó súbitamente sanada. O el caso de ese hombre de Siena que no quería orinar porque temía inundar la ciudad; su médico hizo que doblaran las campanas y le dijo que había un incendio, entonces hizo aguas y quedó curado al instante.

Pero nada es bello en el hipocondriaco, porque en él se da la mayor de las paradojas: tanto teme a la enfermedad, que se enferma de hipocondría; y tanto teme a la muerte, que vive una muerte en vida. «El temor a la muerte es peor que la muerte misma», evoca el propio Burton, que sufría también de una aguda melancolía. En un capítulo del libro, titulado «Digresión respecto al aire», explica que esa fue precisamente la razón por la que escribió la inmensidad de páginas de su tratado: encontrar la causa y el remedio de ese vasto mal que lo torturaba. Porque si nosotros creemos que vivimos en la era de la ansiedad, *Anatomía de la melancolía* fue un verdadero best seller en su tiempo, con seis reediciones que probablemente agotaron legiones de melancólicos tratando de encontrar consuelo en sus páginas.

Parece que ni el propio Burton fue capaz de hallarlo. Según escribió, el origen de su melancolía estribaba en su voluntad obsesiva de conocer «en qué consisten la existencia y los designios de Dios». Sin sotana, desde mi atalaya intelectual de atea convencida, yo me doy los mismos cabezazos que se daba Burton por controlar el caos del mundo. Cuando Burton cobró conciencia de que eso jamás sería posible, se colgó en la misma iglesia en la que oficiaba. «Si hay infierno en la Tierra, se encuentra en el corazón de un melancólico», dejó escrito. Y es muy probable que si después de la muerte vio la faz del Dios al que tanto había rezado, este lo sentara a su izquierda.

La izquierda es el territorio de los hipocondriacos. El lado en el que según la Biblia acaban los necios de corazón, el más siniestro, es también sobre el que se inclinan los melancólicos. Según reportan los enfermos imaginarios, es ahí donde les duele. La ciencia da una explicación nada romántica: esto podría deberse simplemente a la disposición de las vísceras; por ejemplo, los gases intestinales suelen producir dolor en el lado izquierdo, pues en su camino se encuentran con el obstáculo del bazo.

El frontispicio de *Anatomía de la melancolía* contiene una ilustración de los diversos tipos de melancólicos. El Hypochondriacus se representa languideciendo en una túnica de piel, ladeado por supuesto hacia la izquierda y con la cabeza apoyada sobre la mano de ese lado mientras mira distraídamente los frascos de medicinas y las recetas de botica esparcidas en el suelo. El poema que lo acompaña deja claro el sufrimiento:

El viento en su costado le hace mucho daño,
y lo angustia mucho, Dios lo sabe.

Cuando cerramos el volumen, después de leer los horrores del hipocondriaco, Burton nos reserva un último mensaje. Hay esperanza para los desdichados, hay amenazas para los felices:

Sperate miseri; cávete felices.

Desde que Sara salió del hospital, los médicos nos han recomendado que durante un tiempo extrememos las precauciones para que no coja otro virus. Hay una parte de la UCI que no nos ha dejado del todo. En época prepandémica, en mi casa ya andamos con mascarillas, y hay envases de gel hidroalcohólico en todas las habitaciones. Pero es que, además, yo sigo con el mismo espíritu alerta, y sigo andando entre monitores y cables imaginarios.

Una noche en la que mi suegra está de visita, casi un mes después de haber vuelto a casa, mientras le cambio el pañal a Sara percibo que su llanto se rompe ligeramente: oigo una afonía en su balbuceo y me altero sobremanera. Lloro y me enmaraño el pelo; sudo, me mareo, tiemblo. Me dirijo al salón con la niña en brazos. Tomás y su madre me confirman que sí, que tiene la voz ronca, y que habrá que llevarla al médico al día siguiente. Pero yo me niego a esperar. Esta vez no me pillará por sorpresa. Estoy convencida de que solo la anticipación la salvará del fuelle de la UCI, y digo que me la llevo a urgencias. Tomás y mi suegra opinan que es una mala idea, que es tarde, hace frío y las salas de espera de los hospitales infantiles están llenas de peligros para unos bronquios sensibles. Pero lo tengo decidido. Mientras ando hacia la puerta, mi suegra se levanta del sofá y me arranca a Sara de los brazos: «No te la llevas. Estás siendo egoísta. No piensas en su salud, sino en tu tranquilidad».

Mis lamentos se paran en seco. Súbitamente, he sido transportada a una novela gótica doméstica en la que una pobre madre es conducida a la locura por una familia fría y cruel, con una suegra malvada al frente. Le digo que me dé a la niña y que se vaya de mi casa. Ella mira a su hijo. Él le dice que por favor lo haga. Cojo de nuevo a la niña. Por la ventana veo que el cielo desaparece como un pergamino que se enrolla.

Vamos en un taxi, camino a urgencias. Me he impuesto a Tomás, a sus súplicas de que razonara, de que esperara a la mañana, de que templara mis pasiones. Llevo a Sara firmemente cogida en mis brazos. Entonces, Tomás lo dice:

«Pobres niños, qué madre les ha tocado».

Pese a tener la brevedad del recorrido de una bala a bocajarro, esas palabras consiguen conjurar toda una parte de la historia. La de las malas madres, cuyos espectros se materializan y se sientan a mi lado, una detrás de otra. Las sobreprotectoras, las dominantes, las castradoras, las posesivas, las tóxicas, las narcisistas, las absorbentes, las ausentes, las manipuladoras, las distantes. Todas ellas, apiñadas, van conmigo ahora en el asiento trasero de este carro tirado por serpientes que cruza la ciudad de Barcelona. «¡Hijos míos! ¡Qué indigna madre os ha tocado en suerte!», nos gritan millones de padres a todas estas Medeas de ojeras eternas.

Medea es el paradigma de la madre perversa que ha torturado el imaginario colectivo durante siglos. El asesinato de niños a manos de quien los ha parido es el mayor acto de crueldad, un gesto abominable que desata el terror ante el poder destructivo de una madre maltratada. Medea es la madre despechada, la mujer abandonada que se cobra la venganza donde más le duele a la humanidad. En todas partes resuenan las palabras que Eurípides le hace decir ante su marido Jasón al final de la tragedia: «[Los maté] para hacerte daño».

He buscado justificaciones para Medea en cada uno de los versos que pronuncia, en el coro, en las respuestas de su cruel marido, en cada acotación de Eurípides. Y es cierto que está llena de razones políticas. «De todas las especies animadas / y dotadas de pensamiento / nosotras las mujeres / somos los seres más miserables», nos revela. En una desdichada excepción a las reglas mercantiles, es la mujer quien paga con su dote para conseguir un amo, el marido. Y pobre de ella que se equivoque en la elección, porque mientras el hombre puede abandonar a la mujer en cualquier momento, ella está destinada a vivir para siempre bajo su yugo. Y las grandes odas cantan la valentía masculina, ay, «con mucho prefiero / ir tres veces a la guerra, / a los desgarros del vientre / en un único parto».

Después de ser madre releo *Medea* obsesivamente, y descubro que hay en sus palabras un amor a sus hijos y unas necesidades materiales que antes me habían pasado por alto. Por el ambicioso amor de su marido a su nueva amante, Medea y sus inocentes vástagos son enviados al destierro, a la miseria de no tener patria, a no tener techo. Medea, como tantas madres desposeídas a lo largo de la historia, está al otro lado de la riqueza y el poder, con sus hijos como único baluarte. Suplica por ellos, se rompe, y consigue evitar el exilio de los niños. Pero eso tampoco le da la insaciable seguridad que busca una madre:

Jamás será posible que abandone
a mis hijos a mis enemigos
para que los ultrajen.

Después de mil dudas, mil ambivalencias, toma la decisión. Los niños deben morir, y es su vientre el que habla:

Puesto que es preciso,
los mataremos nosotras
que los dimos a luz.

El feminismo del siglo xx recuperó a Medea de la negrura con la que se la había pintado, y vio en ella a una revolucionaria. El pensador Slavoj Žižek califica el asesinato de sus hijos como el acto de liberación absoluto de la ley patriarcal. Pero con Sara en mis brazos, mientras trato de salvarla de las garras de la enfermedad, con David durmiendo plácidamente en una cama ajeno al dolor del mundo, no puedo dejar de pensar en los hijos de Medea, en la revolución que supondría que siguieran con vida. Poca gente recuerda el nombre de los niños asesinados, se llamaban Mérmero y Feres, y casi nadie los ha visto morir. En la obra de Eurípides el crimen tiene lugar fuera del escenario, y en las adaptaciones cinematográficas también sucede fuera de campo. Pero oímos sus voces. Y son terriblemente humanas y reales. ¿Por qué no me había parado a escucharlas antes? Piden socorro, piden piedad. «Mi madre me persigue. ¿Adónde huir?». «No sé, hermano queridísimo». Al final, prorrumpen en un grito:

¡Qué cerca estamos ya
del filo de la espada!

Hay un momento de la tragedia de Eurípides en el que el corifeo se plantea intervenir y evitar el asesinato.

¿Debo entrar en la casa?
Es preciso
salvar a estos niños del degüello.

Uno de los niños le suplica:

Sí, salvadnos, por los dioses.

Alargo mis brazos. Cómo quiero entrar ahora en la página impresa, arrancar a esos niños de la impotencia de las madres, de su dolor, de su ceguera. Pero ya no respiran. Y Medea, convertida en hechicera, se aleja con los cadáveres en un carro volador que le ha regalado su abuelo, el mismísimo dios del Sol. Porque una madre tan atroz no puede ser humana. Las últimas palabras que le dirige Jasón a la madre asesina resuenan con el eco de la historia:

¡Hijos míos! ¡Qué indigna madre os ha tocado en suerte!

Hay un cuadro en El Prado, pintado por Germán Hernández Amores a finales del siglo xix, donde Medea huye con sus hijos muertos de Corintio por un cielo tormentoso. Lo que más me impresiona es el peso que transmiten los cuerpos inertes de Mérmero y Feres, un peso insoportable, indecible, que nos duele un poco a todas las madres en la espalda. Porque cuando ya llegamos al hospital, cuando aún oigo en mi mente las palabras de Tomás, me parece que Sara me mira fijamente y me pregunto si acaso no notará ella también el filo de una espada.

La doctora de urgencias nos tranquiliza. Sara tiene una faringitis, muy probablemente de origen viral. De nuevo en el hospital, vuelve a mí esa voz plúmbea que me salía cuando vivíamos en la UCI, y las preguntas ya no cesan. No me iré hasta tener la certeza de que no puede derivar en nada de gravedad. Y no hay respuesta afirmativa a eso. Es poco probable, pero el virus podría bajarle a los pulmones. Si eso sucediera, es poco probable también, pero podría acabar en la UCI. Con el tiempo, he aprendido que en mis hijos todo puede acabar en los pulmones: un leve golpe de viento frío, el agua de una llovizna posada con suavidad en sus mejillas, la intemperie sobre una rodilla que asoma fuera de la manta una noche de invierno. Un estornudo, una tos, una carraspera, y se disparan las sirenas. Después de acorralarla en una espiral de súplicas, la pediatra, reticente a darme certezas, me da una: si en veinticuatro horas no empeora, podemos descartar una deriva preocupante. Y las veinticuatro horas pasan, con todos sus minutos, con todos sus segundos, que son siglos, que son milenios, con mi oreja colgada al pecho de la niña, acechado por la amenaza de la sibilancia. Y su voz se aclara, y Sara inspira y espira, y nada entorpece esa rutinaria magia. Suenan trompetas, el cielo vuelve a su sitio y brilla de nuevo la estrella de la mañana.

No siempre es así. Durante sus primeros años, son habituales las visitas a urgencias de madrugada y los ingresos hospitalarios. En una ocasión, aproximadamente un año después de esta visita, la máscara de oxígeno no es suficiente y Sara acaba en la UCI. La creación gime de nuevo y yo vuelvo a sentir los dolores del parto. Para entonces ya se ha formado gobierno, no hemos logrado el cambio y el partido conservador continúa ostentando el poder. Mis estancias en Madrid son de martes a jueves cada semana, cuando tienen lugar el pleno y las comisiones. Al entrar de nuevo en esa noche perpetua de la UCI aún mantengo algo de lucidez y me abalanzo sobre una enfermera: necesito con urgencia un documento para justificar mi ausencia en el Congreso y que se me permita votar de forma telemática. Al cabo de poco me entregan un papel oficial donde se detalla la afección que sufre mi hija y su gravedad. Estoy salvada, podré coger la mano de Sara, vigilar que el corazón bombee, que no le falte el aire, mantener el fuelle a raya; luchar a su lado con la espada de mis ojos.

Pero no es así. Al cabo de unas horas de haber enviado el justificante, recibo una llamada de la presidenta del Congreso. Es una veterana diputada que antes de su carrera política ejerció la medicina. Me dice que lo siente mucho, que por su experiencia sabe qué le pasa a mi hija, pero no puede concederme el voto telemático. Las reglas son estrictas y, de acuerdo con el reglamento, este solo se otorga en caso de permiso de maternidad o paternidad, o enfermedad grave del propio diputado. Cualquier otro supuesto queda fuera. Hablo con mi grupo parlamentario y son tajantes: debo desplazarme a Madrid. Hay una votación importante y el resultado va a depender de unos pocos votos.

Lo que se va a votar esa semana en el Congreso es un decreto propuesto por el gobierno que, con el pretexto de actualizar el régimen laboral de los estibadores, lo que pretende es liberalizarlo para recortar el sueldo y los derechos de estos trabajadores portuarios. Es vital que esta medida no salga adelante, por la gente a la que afecta, pero también porque supondría un precedente importante: una victoria más de una estrategia privatizadora cuyo objetivo es engrosar las arcas de las grandes multinacionales. Además, para conseguir el apoyo social del que carece la medida, el gobierno y parte del poder mediático han presentado a los estibadores como hombres brutos pero privilegiados, oscuros personajes melvilianos con nóminas más altas que la media asalariada y una estabilidad laboral de la que no goza la mayoría de la población. Lo que pretenden es enfrentar a la gente común, que el estibador tenga que comer un currusco del mismo pan duro en lugar de aspirar todos a las viandas del banquero.

Sin que la institución ni mi propio partido sean capaces de ofrecerme una alternativa, dejo la UCI de madrugada para dirigirme a la estación de tren. Durante las tres horas de camino, las lágrimas empañan la visión de un paisaje que ya conozco de memoria, donde el meridiano lo marca la belleza de ese desierto que hoy me parece más lunar que nunca. Cuando llego al hemiciclo se percibe un ambiente de euforia. Vamos a tumbar un decreto del gobierno, y es la primera vez desde 1979 que se consigue algo así. A mí sin embargo me parece que estoy entrando en un reino de hielo. Veo los muros medio derruidos, la escalinata invadida de hierba, los pasillos llenos de maleza. El polvo se acumula por todas partes y el dorado luce oxidado. Los estibadores nos miran desde tribuna. Algunos compañeros llevan una camiseta en la que se lee «T'estibo molt», un juego de palabras con el «Te quiero mucho» catalán. Los discursos son emocionantes, es un debate que habla de dignidad, de pueblo, de libertad. Y lo hemos ganado.

Uno de los diputados de la bancada izquierda anuncia durante su intervención que el gobierno ha querido debatir este decreto hoy porque tres de las diputadas que iban a votar en contra se encontraban de viaje oficial en la sede de las Naciones Unidas en Nueva York. Pero les ha salido mal la jugada. Ya han aterrizado y están de camino al Congreso. Dice sus nombres. Una parte del hemiciclo estalla en un sonoro aplauso. Pienso en mi hija, en una UCI a más de seiscientos kilómetros, en cómo lucha cada tres segundos para conseguir que un poco de oxígeno entre en sus pulmones. Miro mis manos, que aplauden el viaje heroico de estas tres diputadas pero que no agarran la de mi hija. Y lo único que quiero es volver a casa.

El Real Decreto no sale adelante. Al final ha habido mayor margen de votos del que esperábamos. Incluso un diputado de mi grupo parlamentario se ha equivocado en la votación, pero todo se departe entre risas. Al fin y al cabo, errar es humano. Unos días después, mi hija también ríe, ya fuera de la UCI, y yo con ella. En algún momento durante la legislatura leeré en un estudio que en los países desarrollados los ministros de gobierno sin hijos conforman el 9 por ciento de la totalidad de los ministros hombres, mientras que las ministras que no son madres son el 45 por ciento. Lo anotaré en la agenda para no olvidarlo.

Todo un léxico arquitectónico se ha puesto al servicio de la definición de las mil maneras con las que se impide que la mujer pueda participar en igualdad en política. Durante mis años en el Congreso aprenderé todos los términos: los muros de cemento, las paredes y el techo de cristal, el suelo pegajoso. Me asomaré a menudo al abismo del precipicio de cristal, ese en el que han caído tantas mujeres empujadas por la competición y la asunción de riesgos mientras los hombres las miraban balancearse desde sus posiciones seguras. Aunque se levanten y huyan de la política, las magulladuras del batacazo las perseguirán de por vida. Pero lo que más me sorprenderá será el intrincado laberinto de cristal que espera a todas las que entramos en política, un camino lleno de obstáculos, rincones, sin flechas, sin mapa, y, sobre todo, un camino inmensamente solitario. Parece ser que a los hombres con nuestra misma titulación y experiencia alguien les dio el ovillo y lo recorren con poca dificultad. Eso sí, el minotauro nos lo dejaron a nosotras.

Era por aquí, por aquí; a la derecha y luego a la izquierda, por aquí no hay salida; esto me suena, por aquí ya hemos pasado; imposible, vuelve, aquí está cortado. Estas son algunas de las frases que se oyen en el laberinto que hay en el barrio de

Horta de mi ciudad, a pocas paradas de metro de casa. Fue construido a principios del siglo XIX con paredes y arcadas de cipreses en medio de un precioso jardín romántico. En la Edad Media, en la entrada de las iglesias se dibujaban laberintos para que el demonio, siempre travieso, se metiera en él y, mientras estaba atrapado y distraído, el párroco pudiera entrar sin temor alguno. Cuando sean ya un poco mayores y corran resueltamente, mis hijos y yo andaremos a menudo por este laberinto hecho de árboles, como tres diablos desnortados, entre risas, exclamaciones, cosquillas y una alegre exasperación. Cuando conseguimos salir nos encontramos con un pequeño estanque verdoso, y, justo detrás, en una gruta de la que cuelgan alfileres de helecho, la bella ninfa Eco nos da la enhorabuena por haber encontrado la salida junto a una placa en la que se lee:

De un ardiente frenesí
Eco y Narciso abrazados,
fallecen enamorados,
ella de él y él de sí.

Darwin vivía obsesionado con la idea de que sus hijos pudieran heredar su enfermedad, esa enfermedad física que creía que tenía, pero nunca pensó en cómo el miedo a ella podía echar raíces en toda su familia. De acuerdo con los manuales que he leído con desesperación, es fácil transmitir el hábito de la hipocondría de padres o madres a hijos, y así parece que fue en el caso de la familia Darwin. De los siete hijos que llegaron a la madurez, cinco de ellos sufrían algún tipo de trastorno nervioso. El personaje más fascinante de todos fue Henrietta Emma Darwin, a la que conocían en la familia como tía Etty.

Una cancioncilla, compuesta por uno de sus sobrinos y que cantaban en las celebraciones familiares, da cuenta de su carisma:

La familia Darwin, qué gente más maniática,
pero ¿quién entre todos ellos es el que gana?
Varias tías están lejos de la calma,
pero la tía Etty se lleva la palma.

Cuando tenía solo trece años, Etty se resfrió y sufrió fiebres altas. El médico le recomendó que tomara el desayuno en la cama por un tiempo, pero Etty nunca volvió a levantarse a desayunar en toda su vida. Desde entonces, vivió obsesionada con su cuerpo y sus afecciones. Según su sobrina, Gwen Raverat, que nos legó un retrato de Etty en sus memorias, la tía Etty hizo de su mala salud su profesión y fue el interés que más la ocupó en la vida. Escribía cartas a su madre, Emma, en las que le detallaba cada uno de sus síntomas, y vivía como una auténtica inválida, con asistentes que la ayudaban a realizar todas las tareas diarias. Después del almuerzo, llamaba a la cocinera para que contara los huesos de ciruela que había en el plato, ya que era de vital importancia para su estado saber cuántas había comido. También obligaba a su asistente personal a cubrirle el pie izquierdo con un pañuelo de seda siempre que iba a dormir, pues decía tenerlo más frío que el derecho. Cuando era época de resfriados, se ponía una especie de máscara de gas que había inventado ella misma. No era más que un colador metálico de cocina, con algodón empapado de esencia de eucalipto y unas gomas que lo fijaban tras sus orejas. Así recibía a las visitas, con las que discutía seriamente de política, totalmente ajena a las risas que su artilugio suscitaba. Y a pesar de esa obsesión por su supuesta mala salud, a pesar de las quejas continuas por su estado físico, Etty vivió perfectamente hasta los ochenta y cuatro años.

A mí, como a Darwin, me obsesiona la salud de mis hijos, pero también soy consciente de cómo mi obsesión puede convertirlos en Etties contemporáneas. Los trastornos de ansiedad circulan ampliamente entre familias. De hecho, según los estudios, los familiares de primer grado de las personas afectadas tienen cinco veces más probabilidades de tener un trastorno de ansiedad que la población general. Y la hipocondría es precisamente uno de los hábitos más contagiosos.

En el caso de la familia Darwin, se ha achacado esa tendencia a la naturaleza cuidadora de Emma Darwin. Parece ser que en casa de los Darwin estar enfermo era una noble distinción, por una parte, por la adoración que sus hijos sentían por su padre y su tendencia a imitarlo, pero también porque era un placer sentirse cuidado por su madre. En palabras de su nieta, Emma «era una roca sobre la cual uno podía apoyarse, abnegada e incansable en la búsqueda de medios para brindar alivio, prolija e inteligente en su ejecución». La propia hipocondría de Darwin se ha asociado a la relación con su madre. El psiquiatra infantil John Bowlby, defensor de la famosa teoría del apego, sostiene que la muerte de su madre cuando solo tenía ocho años desencadenó en Darwin un miedo mórbido a la enfermedad, la pérdida y la mortalidad. Las madres, su excesiva presencia o ausencia, planean como una maldición sobre la familia Darwin.

Aunque psiquiatras y neurólogos invierten eones de sus carreras en la búsqueda del gen de la ansiedad, hay que reconocer que los resultados hasta ahora han sido bastante pobres. Ni los estudios de asociación genética ni los del genoma completo han arrojado luz sobre el origen de este mal. Las teorías psicológicas que tratan de suplir esta explicación científica son diversas en el caso de la hipocondría: una madre sobreprotectora o un conflicto profundo sin resolver suelen ser el eureka con el que los psicoanalistas tratan de curar al hipocondriaco en el diván. También se interpreta la hipocondría como una forma de lidiar con la propia incapacidad, falta de autoestima o dependencia. Según esa teoría, al creerse preso de la enfermedad, el hipocondriaco consigue la protección y la atención que anhela pero que siente que no merece por otras razones. A la vez, piensa que mantiene cautivo a su protector, pues ¿quién abandonaría a un enfermo? Y reemplaza la conciencia de su inutilidad por la mala salud, por lo que ya puede fracasar sin el peso de la culpa. A la luz de esta vela, cualquier psicólogo pensaría que lo que yo busco en la enfermedad es la justificación a todas mis fallas como madre, y una especie de distracción a mi conciencia de que juego a la política pese a que sé que mi pezón debería estar en la boca de mis hijos.

Cuando Freud estudiaba la histeria, observó que ciertas mujeres contraían dolencias imposibles de diagnosticar mientras cuidaban de sus padres enfermos. Estas enfermeras cautivas sufrían un conflicto indisoluble entre el deseo de libertad, por un lado, y el amor a sus padres y apego a los valores que la sociedad había proyectado en ellas, por el otro. La hipocondría era entonces una salida a una situación que concebían como ambivalente. La enfermedad les daba una especie de vía intermedia: conseguían no sucumbir a la depresión pura con sus claudicaciones, pero tampoco huían y rompían con sus seres queridos y su papel preestablecido.

Con el tiempo desentrañó que la hipocondría, como tanto de lo que me rodea, es lenguaje. Un David ya mayor, con casi seis años, me llama en una ocasión al pie de su cama. Se ha despertado en plena noche y me dice que no puede volver a dormir, que no se encuentra bien. Me cuenta que le duele algo, que no sabe decirme bien qué, porque le duele todo y nada. Lo que más me inquieta son las siguientes palabras: «Es un dolor distinto, me encuentro diferente». Después de darle la mano, acariciarlo, hablarle suavemente para que vuelva a coger el sueño, me dirijo al sofá. No hay forma de que yo vaya a conciliar de nuevo el sueño, y solo son las cuatro de la mañana. Durante las horas en las que espero el amanecer, circulan por mi mente todo tipo de enfermedades que puedan responder a esos síntomas, a ese dolor y no-dolor, a ese encontrarse diferente. Con los primeros rayos de sol, creo haber dado con una posible clave. A mi hijo lo que le duele es el alma. La muerte acaba de entrar en su vida con el fallecimiento del perro de un familiar con el que jugaba muchas horas. Y no sabe cómo decirme, cómo decirse, que ya no es el mismo, que algo lo ha cambiado para siempre, y la pérdida, en su voz, es ese sentirse diferente.

Cuántos dolores de tripa esconden los miedos de la infancia, un grito de auxilio ante unos sentimientos a los que aún no podemos dar nombre. Pero que crezcamos no quiere decir que dominemos el lenguaje. A hablar se aprende un poco cada día, pero también, de alguna forma, cada golpe se nos lleva alguna palabra. Cuando estaba sentada en el lecho de muerte de mi padre, con su mano en mi mano, escuchando los estertores que me decían que se iba para siempre, a duras penas pude farfullar un «Te quiero mucho». Yo, que siempre me he distinguido por mi locuacidad, capacidad de síntesis, por sacar de la chistera la palabra exacta con la que nadie da, cuando entró el médico a ratificar la muerte y lo cubrió con la sábana blanca, cuando me preguntó cómo estaba, cuando quiso escucharme, solo fui capaz de decirle lo mucho que me dolía la barriga y que si podía darme algo.

En la edad de oro de la locura puerperal, Isabella Shawe, la esposa del célebre autor inglés William Makepeace Thackeray, enloqueció. Tenía solo diecisiete años cuando conoció a su marido, y un año más cuando se casaron. Isabella era poco más que una colegiala, enclenque y algo enfermiza, pero en los primeros cuatro años de matrimonio ya había dado a luz a tres hijas. Según contaría el escritor, su primer parto, en 1837, se desencadenó en una atmósfera horrible, con ambas abuelas presentes y discutiendo sin tregua. Aunque finalmente Annie nació sana y todo acabó en buenas noticias, Isabella tardó mucho en recuperar las fuerzas perdidas. No conseguía dar de mamar a su bebé y se sentía extremadamente desanimada. Fueron solo unos días, una breve tormenta que amainó pronto, pero con el tiempo se convertiría en una fatídica primera señal.

Poco después, Isabella dio a luz a otra niña, Jane, esta vez en un parto mucho más plácido. El bebé, sin embargo, contrajo una infección respiratoria y murió con dieciocho meses. De ella solo quedó un retrato que le hizo el propio Thackeray, en el que sale mamando de su madre, y un malestar sombrío en Isabella que parecía no querer marchar.

Al cabo de unos meses, Isabella estaba nuevamente embarazada. Cuando se acercaba la fecha del parto, William la describió preocupada y cabizbaja, con el recuerdo de las dificultades que rodearon el nacimiento de Annie y la muerte de Jane como un martilleo; las penurias económicas que sufría la familia le pesaban, estaba abatida por el estado de abandono de la casa y había sido criticada por su suegra por su ineptitud en las tareas domésticas. El bebé, una niña llamada Harriet, nació a finales de la primavera y William se sentía exultante. Esta vez todo iba bien: como le escribiría a su madre una semana después, «las dos pequeñas pacientes se llevan muy bien».

Pero en agosto sería la propia Isabella quien advertiría a su suegra de que algo en ella no marchaba según lo esperado:

«Me siento alterada, no tengo fuerzas y mi cabeza vuela conmigo como si fuera un globo. Esto es mera debilidad y un paseo me enderezará, pero en caso de que haya incoherencia en mi carta sabrás a qué atribuirlo… creo que mis miedos son imaginarios y exagerados y que soy una cobarde por naturaleza».

Estas son las únicas palabras que conservamos de Isabella en relación con su locura, que meses después fue etiquetada como un trastorno de melancolía posparto con episodios de manía.

Con el objetivo de curar a Isabella, los Thackeray emprendieron un viaje para visitar a la madre de ella en Irlanda. Poco a poco, a lo largo del sinuoso trayecto, Isabella fue perdiendo más y más la razón, hasta arrojarse un día al mar, donde permaneció veinte minutos antes de ser descubierta: flotaba de espaldas en su vaporoso vestido blanco, mientras remaba débilmente con las manos. Para evitar que volviera a intentar acabar con su vida, William se ataba a Isabella mediante una cinta a su muñeca mientras dormían.

Según su marido, Isabella ya no recuperaría nunca la cordura. «Dios la ha abandonado», concluyó. Al principio, le prestaba muchas atenciones y seguía confiando en su cura, pero Isabella no mejoraba. «No le importa nada: todo es indiferencia, silencio y aletargamiento… No es infeliz y se ve fresca, sonriente y de unos dieciséis años. Hoy es el cumpleaños de su bebé. Besó a la niña cuando le conté la circunstancia, pero no le importa». Aunque durante un tiempo trató de mantenerla bajo su cuidado, terminó recluida en diversos manicomios y William acabaría lamentándose a su madre: «¿Por qué me casaría?».

Las mejoras ocasionales en su estado iban seguidas de recaídas, y la esperanza se desvaneció con el paso de los años. Su locura tomó formas extrañas, como cuando se negaba violentamente a dejar salir a nadie de su habitación, convencida como estaba de que si lo hacían ya no regresarían. Pero esos episodios se alternaban con otros de extrema lucidez. En las cartas que Thackeray escribió a su madre, le contó cómo, en esos momentos, Isabella manifestaba que era la culpa lo que la había hecho enloquecer, su incapacidad como esposa y como madre, todas sus debilidades.

Thackeray acabó refiriéndose a ella como «mi pobre inválida» y decidió que era mejor para los dos que no se volvieran a ver. Isabella permaneció ingresada hasta su muerte en 1893, cincuenta y tres años después de que la encontraran flotando en el mar. Su primogénita, Anne Thackeray Ritchie, que a diferencia de su padre solía visitarla a menudo, la acompañó en el momento de su muerte: «Su amado rostro se iluminó con una sabiduría y un conocimiento serenos e indescriptibles. Me pareció que la habitación estaba llena de luz», escribió al recordarlo.

Como Isabella, aunque yo sin palabras, le he confesado a mi suegra, al mundo entero, que «soy una cobarde por naturaleza». Sé que todo esto, los aspavientos constantes ante cualquier contrariedad sintomática, son la carne de mi debilidad. Y creo que Tomás piensa que nunca debería haber tenido hijos conmigo, que las funestas palabras que me dirigió en el carro alado decían exactamente eso, que en mala hora me conoció, que en mala hora decidió perpetuar la especie con una loca. Que yo también soy como una chica de dieciséis años, una inmadura incapaz de cuidar de sí misma, cómo voy a cuidar de sus hijos. «Los mortales deberían engendrar / sus hijos por cualquier otra vía, / sin que existieran las mujeres», se lamenta Jasón ante Medea, y si hay una mujer que ahora merezca esas palabras, sin duda responde a mi nombre.

A principios del siglo xx, el psiquiatra inglés Henry Mauds-ley instó a los futuros esposos a escudriñar a sus prometidas en busca de «signos físicos que delaten la degeneración de origen… cualquier malformación de la cabeza, la cara, la boca, los dientes y las orejas. Los defectos y deformidades externas son los signos visibles de fallas internas e invisibles que tendrán su influencia en la crianza». La culpa no es solo mía, pienso, y ya me estoy absolviendo otra vez. Fue también de Tomás, que en la penumbra de ese club esa verbena de San Juan no se fijó lo suficiente en mis marcas de locura, que en su ceguera de amor cedió a mi capricho de tener hijos. Y ahora ese capricho tiene músculos y tendones, y llora, y su vida es un interrogante que me aplasta.

Sabemos poco de Isabella más allá de su locura. Se dice que en Les Thermes, la zona rural a las afueras de París donde pasó la luna de miel, su voz cuidadosamente entrenada y su magia al cantar fueron recordadas durante mucho tiempo por todos los que la escucharon. Thackeray dibujó varios retratos de ella en los primeros meses de su noviazgo. Era delgada, pelirroja, de rasgos delicados, con un aire de extrema timidez.

En una acuarela aparece con el pelo recogido, un largo cuello y una cantidad de ropajes desproporcionada para su diminuta figura. Sin embargo, manifiesta un porte tranquilo, las manos entrelazadas en señal de serenidad. Solo en el fondo de la pintura se distinguen nubarrones que parecen presagiar la tormenta que esconde su alma.

A mí toda la vida me han descrito en términos semejantes. Por lo visto, mi apariencia transmite una paz de la que carezco. Quizás se deba a una palidez casi espectral, o a la largura de mis brazos y dedos, que me dotan de un aire lánguido. Si no me conoces demasiado, esos nubarrones que también me acompañan, cargados y dispuestos a soltar en cualquier momento un diluvio, pueden pasarte desapercibidos. Lo que sí destaca y dudo que se le escape a nadie es mi voluntad terca de mirar hacia el suelo, lo que me ha ido dotando de una especie de joroba que en estos primeros meses de maternidad me pesa más que nunca.

El médico renacentista Giovan Battista della Porta estaba convencido de ser capaz de revelar el alma humana a través de su apariencia física. En su inmenso tratado titulado *De humana physiognomonia* analiza con detalle todos los rasgos físicos y establece incontables equivalencias con defectos y virtudes. Y el peor de todos, el que revela el alma más mezquina, es la joroba. Porque en el caso del jorobado, dice, el error de la naturaleza se encuentra al lado del corazón, el principio del cuerpo entero. El mayor ejemplo de ello es Tersites, soldado en la guerra de Troya, a quien la *Ilíada* describe como un ser repulsivo, que se enfrenta con grosería a los poderosos y propone con cobardía abandonar la guerra y volver a su patria. Por ello, Ulises lo golpea con su cetro justo en la joroba, lo que le hace encorvarse aún más y derramar una gruesa lágrima por la mejilla, mientras el resto del ejército se burla al unísono.

Una mañana paseo por mi barrio especialmente encorvada. Al despertarme, he encontrado una mancha roja en mis bragas que presagia el regreso de la menstruación. Pero yo ya he empezado a elucubrar y dar cabida a mil hipótesis alejadas de la más probable. Cualquier cambio en mi cuerpo me angustia, y he salido a la calle como Tersites, cabizbaja, sin ganas de ver a nadie, encorvada por los golpes de la hipocondría y decidida a huir de mi cuerpo y la guerra que nos enfrenta.

Mientras me dirijo al mercado me cruzo con Clara, una vecina que entre semana vive en un psiquiátrico y que, al salir los fines de semana y volver a casa de sus padres, se dedica a pasear por las calles sin rumbo. Clara es para mí una especie de espejo de lo que podría haber llegado a pasarme si hubiera cruzado ciertos límites, aunque no tengo claro cuáles fueron en su caso. Debe de tener una edad parecida a la mía, se ha criado en las mismas plazas que yo y siempre me dice que le encanta el arte. Pero por alguna razón acabó recluida cinco días a la semana. Ella dice que vive en la cárcel, y cuando en una ocasión le pregunté por qué estaba allí, me dijo que se enfadaba demasiado con los clientes. Los clientes son los transeúntes a los que intenta vender unos dibujos que hace ella misma. Siempre que me ve, ya a lo lejos, grita mi nombre y me dice «Ningú em compra». Sabe que yo siempre lo hago, y que tengo una carpeta entera con todas sus creaciones.

Hoy, para mi sorpresa, Clara no me saluda con la euforia habitual. Su gesto se parece más al mío, de preocupación y contrición. Cuando llego a su altura me susurra al oído: «Me ha pasado una cosa». Nos sentamos en un banco y entonces me cuenta que le ha salido un poco de sangre de la vagina. La coincidencia me hace estremecer, pero me sobrepongo, porque Clara está extremadamente asustada y por un momento consigo olvidarme de mí misma. Le digo que será la regla, que no se preocupe. Y me contesta que eso es imposible. «Yo no tengo de eso. Ni ovarios, ni útero ni esas cosas que tenéis vosotras. Yo aquí no tengo nada —dice, mientras se señala el bajo vientre—. Por eso no puedo tener hijos como tú».

El síndrome de Cotard, definido por el neurólogo del mismo nombre en el siglo XIX, se da en casos de melancolía aguda, en los que el paciente sufre delirios nihilistas que le hacen sentir que ha perdido sus propios órganos. Hoy en día se observa especialmente en episodios de hipocondría extrema. Ese fue el caso de una mujer conocida como madame N., que, en 1888, justo después de la muerte de su bebé por meningitis, entró en una fase de delirio y aseguraba que no tenía corazón ni pulmones. En su historial, su psiquiatra dio cuenta de la tortura que le suponía su cuerpo vacío: «Ya no tiene corazón, ya no tiene pulmones, y con eso dice que ¡es inmortal! Tal existencia es imposible. Esta es su prueba: ¡no respirar, no vivir, no morir! Sería feliz si pudiera morir; pero no puede, está condenada a lo imposible: sentir siempre un sufrimiento imposible. Sus sufrimientos durarán para siempre, ¡para siempre! Nunca acabarán, una hora durará millones de años y jamás pasará».

Quizás Clara padece el mismo síndrome que madame N., quizás a las tres nos une una ansiedad desbocada que nos ha hecho perder la percepción lógica de nuestro propio cuerpo. Pero el pavor de Clara ante la sangre menstrual, el desconocimiento de su mera existencia, me hacen pensar en otra cosa y maldecir el mundo que le ha tocado vivir y del que formo parte activa.

En 2020, cuando ya llevo casi cinco años de diputada, votaremos en el pleno el fin de las esterilizaciones forzosas, que en su gran mayoría afectaban a mujeres, muchas de ellas con diagnósticos de trastorno mental. Todos los grupos sin excepción votaremos a favor. Hasta esa fecha, en nuestro país, un juez podía decidir esterilizar a una persona con discapacidad intelectual sin su consentimiento. Había una política de mutilación del cuerpo de las mujeres tan horrenda como legal. Entre los diputados, en los pasillos, en los escaños, ese día serán muchos los que se sorprenderán y dirán: «Pero ¿en serio eso pasaba?», «Qué barbaridad». Al escuchar esas exclamaciones ese día me acordaré de Clara, de cómo até cabos en ese banco, como supe enseguida que no es que sus órganos hubieran desaparecido como gritaba madame N., sino que un juez había decidido inutilizarlos sin que ella ni siquiera lo supiera. Me acordaré de cómo solo pude decirle que no se preocupara y hablara con su familia o con sus médicos. De cómo me tuve que ir con mis hijos y la dejé ahí sentada, preguntándose qué era esa mancha roja en las bragas, si ella no tiene de eso, y de como ese día no me vendió ningún dibujo y yo tampoco me acordé de pedírselo.

Desde que entré en el Congreso en 2015 hasta el día en que se aprobó la ley que acabó con las esterilizaciones forzosas, se resolvieron en España trescientos noventa y seis casos. En la prensa leeré sobre el caso de una esterilización que estuvo a punto de realizarse pero que se paró por la entrada en vigor de la nueva ley. Habría sido la número trescientos noventa y siete.

Jaime me descubre que tengo una adicción de la que no sabía nada; soy adicta a la certeza, me dice, y me hace ver cómo yo misma uso el lenguaje de un drogadicto. Cuando vulnero las reglas que me han impuesto y me abalanzo sobre el ordenador para mirar los síntomas que creo percibir en mí o en mis hijos, luego perjuro entre llantos que no lo volveré a hacer, que esta vez es diferente. Cuando le suplico a mi familia que escuche mis preocupaciones, que me acompañe al médico, les prometo que esta ocasión sí será la última. Y como esas madres que aparecen en los documentales de los años ochenta lamentándose de haberle dado dinero a su hijo para el último pico, mi madre, Tomás o mi hermana a veces, y en contra de las directrices de Jaime, ceden a mis ruegos. Pero Jaime me ha advertido repetidamente de que, como el yonqui, voy a conseguir un rato de tranquilidad, pero el mono volverá, redoblado, porque la muerte y yo seguiremos bailando agarrados, como lo hacemos todos.

Yo le cuento que pienso que no estoy loca y que son los otros los que lo están, viviendo de espaldas a la muerte, sin ser conscientes de lo fuerte que les prende en cada uno de esos pasos de este baile. Son ellos los que viven con una enajenación que los lleva a ignorar que en cualquier momento la desgracia puede agarrarnos, a uno mismo o a los que más queremos. ¿Cómo reír, cómo descansar, en esta inmensa danza siniestra?

En sus crónicas, el historiador griego Heródoto relata que los trausos, un antiguo pueblo de los Balcanes, cuando se producía un nacimiento, se sentaban alrededor del recién nacido y se lamentaban ante los males que, por el hecho de haber nacido, sufriría a lo largo de su vida. Enumeraban todas las desventuras de la existencia humana: las penurias, los dolores, la enfermedad.

Le digo a Jaime que solo al convertirme en madre he comprendido a los trausos y su cordura. Es cierto que desde niña he sido consciente de la existencia de la propia muerte y la enfermedad, y que ya de pequeña apuntaba maneras y solía preguntarle a mi madre por ella. Hacía cábalas calculando cuántos años de vida me quedaban, porque en mi mente infantil nadie llegaba a los cien años, y por eso restaba mi edad a los noventa y nueve a los que aspiraba a vivir. Me angustiaba de noche pensando en el infinito de la existencia, y aún me angustiaba más si pensaba en su finitud. Pero ese miedo a la muerte, que existía, era de alguna forma más liviano, porque solo me afectaba a mí. Ahora quiero proteger a mis hijos de cualquier cosa que pueda ocasionarles daño, y eso incluye mi propia desaparición, que los condenaría a una existencia sin madre.

Jaime me cuenta historias. Me explica aquella de un joven jardinero persa que un día se encontró a la Muerte en un mercado y vio cómo esta le hacía un gesto. Asustado, le pidió al príncipe que le dejara su caballo para huir a la población cercana de Isfahán y así despistarla y zafarse de ella. El príncipe accedió y el joven se marchó casi sin aliento. Por la tarde, el príncipe se encontró a la Muerte, y le preguntó por qué razón le había hecho esa mañana un gesto de amenaza al jardinero. «No era un gesto de amenaza, sino de sorpresa —contestó la Muerte—. Lo he visto lejos de Isfahán y tengo que llevármelo de allí esta noche».

Lo que Jaime me dice con sus historias y tantas horas de terapia es que no hay forma de evitar la muerte. Por mucho que me palpe, por mucho que observe a mis hijos bajo lupa, por mucho que convierta mi vida y la de los que me rodean en un infierno, no hay madre, por muy fuerte que se crea, por muy feroz que sea, que pueda invertir las reglas de la existencia. Solo me queda acatarlas y seguir viviendo. Darles a mis hijos amor ante la crueldad que puede llegar, y una educación que les permita hacerle frente de la mejor forma posible. Lo que Jaime me pide es que actúe a pesar de la realidad, lo que me pide es un acto de voluntad, de vida.

A veces, el dúo terapéutico que formamos Jaime y yo se me asemeja al filósofo decimonónico William James. Por un lado, James hizo de la acción y la voluntad el centro de toda su teoría filosófica, y la reivindicaba como la mayor medicina contra la melancolía, lo que lo acerca a Jaime. Por otro, la descripción que hizo de sus propias neurosis la habría podido firmar yo misma: «Me preguntaba cómo podían vivir los demás, cómo había vivido yo mismo siempre, tan inconsciente de semejante pozo de inseguridad bajo la superficie de la vida». Muchas veces se reivindica que William James se curó de su profunda depresión sin atención médica, y, sin embargo, esto no acaba de ser cierto: él fue el enfermo y su propio médico, una síntesis perfecta.

De una familia extremadamente privilegiada, la neurosis acompañó su talento y abundancia durante muchos años. De joven sufrió una profunda crisis que lo sumiría en un estado de oscuridad que lo llevó al borde del suicidio. En el origen de su depresión se encontraba una contradicción que entonces le parecía irresoluble: cómo vivir en un mundo inseguro cuando es necesario para sobrevivir actuar como si no lo fuera. Con solo dieciocho años, pintó con un lápiz rojo en un cuaderno un sombrío autorretrato: un joven sentado solo, con los hombros encorvados y la cabeza gacha. Sobre la figura, escribió una frase sacada de *El rey Juan* de Shakespeare: «Here I and Sorrow Sit». Si se mira detenidamente la caligrafía, puede apreciarse una pequeña errata. En lugar de una «n», parece que James escribió una «m». ¿Es posible que en vez de «Here I and» James fuera a escribir «Here I am»? ¿Estaba ya flirteando con esa afirmación del yo que años después lo salvaría de la tristeza?

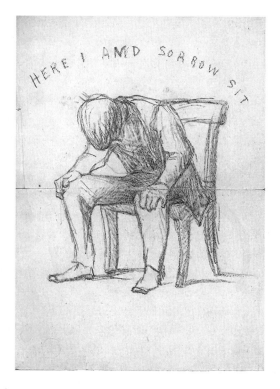

No fue hasta mediados de la treintena cuando James se calmó y encontró un propósito en la vida que alivió sus dolencias. Sus biógrafos cuentan que el trabajo y el amor fueron transformadores. Empezó a dar clases de anatomía en la Universidad de Harvard y una editorial le encargó un libro, que se convertiría en el monumental *Principios de psicología*. A los treinta y seis se casó con Alice Gibbens, que se convirtió en un puntal contra la depresión, como él mismo le reconoció: «Me has sacado del infierno solitario. […] Has redimido mi vida de la destrucción».

«Mi primer acto de voluntad libre será creer en la libre voluntad». Estas son las palabras que lo sacan de la crisis, y este es el mensaje que intenta transmitirme Jaime. William James nunca se libró por completo de la melancolía. Parece ser que a menudo huía a las montañas, e incluso se rumorea que acudía a curanderos para que le quitaran la tristeza. Sin embargo, eligió el optimismo y la acción, y eso le dio una existencia vivible y útil. Sigmund Freud lo visitó en su lecho de muerte y afirmó que esperaba ser tan valiente y sereno como James cuando llegara su momento.

Cuando acabo las visitas con Jaime retumba en mi cabeza una de las más famosas afirmaciones de William James: «No temas a la vida. Cree que vale la pena vivirla, y tu creencia contribuirá a crear el hecho». El problema es que aún no sé cómo ponerla en práctica.

Al salir de la consulta acostumbro a bajar a la playa del Somorrostro, justo enfrente del hospital. En invierno los turistas suelen olvidarse de ella, y más allá de algún viejo sumergiéndose en el agua helada para tonificar el cuerpo o algún paseante con perro incluido, me encuentro sola frente a las olas. Me gusta recoger conchas, que solo pueden encontrarse en temporada baja, cuando las masas de bañistas no han borrado todo rastro de la naturaleza. Encogida sobre la arena, me voy llenando los bolsillos, y cuanto más grandes, mayor es el tesoro que creo guardar. Luego en casa les hago un agujero y les paso un hilo, y me las cuelgo al cuello, orgullosa. Son los colmillos del elefante que acabo de cazar, el trofeo por enfrentarme a la bestia que es mi ansiedad. Y les hago gracias a los niños con el collar, que hace una melodía cuando lo muevo frente a sus caritas, cling, clang, y lo balanceo de un lado a otro para ver si lo siguen con la mirada. Ahí tenéis un pedazo de océano y un pedazo de mi ansiedad, y he sido yo quien los ha prendido, para vosotros, hijos míos, yo os prometo que voy a calmar este mar.

Un día de pleno largo, al llegar por la noche al hotel, me percato de que estoy recibiendo una sarta descomunal de insultos por las redes sociales. Pronto averiguo que alguien ha difundido una foto mía en el pleno, sentada desmañada y con los párpados hacia abajo, que da la impresión de que me he echado una siesta mientras sus señorías debatían. Las fotos de políticos durmiendo en sus escaños son un género en sí mismo. No hay político que se precie al que no le haya traicionado un fotograma justo en el momento en el que parece sumido en un plácido sueño. De nada sirve explicar que entre los privilegios de los diputados se cuenta un cómodo sofá en el despacho, que lejos de la esclavitud de los trabajadores que no pueden ausentarse de su puesto nosotros disponemos de una libertad que nos permite irnos ante el riesgo de caer rendidos. Acabo de entrar por la puerta grande en la historia del género con una de las mejores obras.

A partir de ese momento, soy víctima de un acoso sin tregua en el mundo digital del que se hacen eco incluso algunos medios. Aunque son diversas las personas que me aconsejan que me pronuncie, que aclare que efectivamente no dormía, no me veo con fuerzas de hacerlo. Al fin y al cabo, la percepción que tengo de mí misma no es tan distinta de la de esas legiones anónimas que se dedican a martirizarme en sus ratos libres. Lo único que me gustaría decirles es que, en eso de intentar dañarme, no podrán conmigo misma, porque soy capaz de flagelarme como casi nadie.

Hay una célebre foto de la princesa de Gales, Diana, en la que sucumbe al dulce sueño en un acto público. Vestida con un traje de tules, rasos y volantes blancos y violetas, parece sacada de un cuento de hadas. La instantánea es hermosa, y dio la vuelta al mundo en un solo parpadeo. Lejos de causar la ira que provoca mi imagen amodorrada, la de Lady Di despertó la compasión de sus súbditos, mucho más cuando se reveló al día siguiente que estaba embarazada. Pero por mis venas no corre la misma sangre azul, y el sadismo que se desata durante unos días me da una celebridad de tres al cuarto bastante alejada de la de las princesas.

En privado recibo muestras de apoyo de algunos compañeros. Yo querría decirles que me trae sin cuidado, que yo ando luchando con la muerte, y que lo único que me preocupa es que nada de esto llegue a mi madre. Ella, que me ha repetido tantas veces ante la languidez de mi porte eso de siéntate bien, la espalda erguida, vigila tu apariencia, sufriría como nadie al constatar que sus sabios consejos han quedado en nada. Y conseguimos mantenerla alejada de ese cutre vendaval mediático hasta que alguien envía la foto a uno de los múltiples grupos de mensajería que tiene en el móvil. Entonces por la noche me escribe. «Ya lo he visto. No hace falta que me lo sigáis escondiendo. No pasa nada. Pero tienes que descansar más». Tal es el alud de la calumnia y la incorrección de mi postura, que hasta mi propia madre duda de mi capacidad de permanecer insomne de día. Tampoco hago nada para convencerla a ella, le digo que le haré caso y que me voy a dormir.

Necesitar saber es una condena que a veces destruye vidas, me dice Jaime. No hay curación posible para el que no asume la incertidumbre como parte de la existencia. Y en mi caso el amor ha sido el primer cadáver de esta fobia a la duda. Sé que con Tomás hemos llegado a un lugar del que difícilmente podremos regresar. Le he amargado un tiempo que, con toda la contundencia del tópico, no va a volver. Porque, aunque intente taparlo con mi victimismo, soy consciente de que esta privación de la alegría a la que me someto nunca puede ser individual. Si algo he aprendido desde que soy madre, es que probablemente no hay nada que sea individual, y el efecto dominó de mi ansiedad va dejando cuerpos en el camino a los que me niego a mirar. Pero esa silueta en el suelo que es nuestra relación fallida será cada vez más difícil de esquivar. Nos unió una clarividencia que no puede ignorar que más pronto que tarde habrá una ruptura, que el amor no ha podido con el perro negro de la ansiedad.

Una de las más tristes historias de amor de la filosofía fue también causada por un melancólico obstinado, Søren Kierkegaard, que rompió el compromiso matrimonial que lo unía a su amada Regine. «Un depresivo no debería atormentar a su esposa con sus sufrimientos, sino portarse como un hombre y guardárselos para sí», reconocería años después. Por ello consideró que estaba condenado a no casarse jamás. Y, sin embargo, Regine le imploraría que no la dejara, que le permitiese quedarse a su lado, compartir su dolor. «Te estaré eternamente agradecida si me dejas permanecer contigo y vivir en uno de los armarios de tu casa», le suplicó, muy probablemente descompuesta. Pero Kierkegaard no cedió. Eso sí, dicen que se hizo con un mueble alto, de preciosa madera rojiza, diseñado por él mismo, que parecía un ataúd puesto de pie y que era el último vestigio de ese amor asesinado por la melancolía.

Una mañana, David sonríe por primera vez. Mientras lo tengo en brazos, sentada en el sofá, en una especie de duermevela, se me queda mirando como un pasmarote con una sonrisa inmóvil. Me quedo desconcertada. Había contado con el llanto, pero no había pensado en que llegaría la risa. Se la devuelvo. Cuando nació, enseguida me dijeron que David se parecía a mí, especialmente por esa boca enorme que tenemos los dos. Yo, en cambio, deseé que nunca se me pareciera, ojalá irme yo deshaciendo y acabar pareciéndome a él, ojalá que David pudiera cambiarme entera. Pero lo cierto, sea cual sea el orden, es que compartimos esa bocaza que ahora arqueamos al unísono. Y todo queda suspendido. Esa sonrisa es la parra y la higuera bajo la que querría sentarme siempre.

La realidad de mis hijos es contundente. Creo que eso es lo que más me asusta. Yo, que era una estepa, he creado dos hechos innegables. Yo, que había imaginado, analizado, teorizado sobre mi maternidad, durante años, me asusto ante su materialidad. Percibía la idea de ser madre como algo abstracto, un proyecto de vida, un modelo de familia, incluso una apuesta política. Y entre lloros, pañales, succiones, he descubierto una visceralidad que me aterroriza, que me supera, que se resiste a razonar, que revoluciona cualquier predicción, que subvierte todas las planificaciones. Hay una inmediatez en el oficio de madre para la que nunca he sido buena, en la que soy desmañada, en la que vacilo, en la que me aturullo.

El vecino del último hogar de la poeta Sylvia Plath, el apartamento de Londres donde se suicidó, contó que la veía a menudo con esa misma torpeza que siento que me caracteriza: manejaba con dificultad un viejo y enorme cochecito, siempre con las bolsas de basura o de la compra en la mano, sin dar abasto. Plath aprendió pronto que lo abstracto puede ser una amenaza frente a la firmeza de la vida. «Las abstracciones penden en el aire como ángeles aburridos», dice en un poema protagonizado por su hija Frieda:

Para ella, la pesada noción del Mal que acecha su cuna
Tiene menos importancia que un dolor de tripa,
Y el Amor, su ama de leche, no es ninguna teoría.

Mi identificación con Sylvia Plath ha pasado varias etapas. En la adolescencia, como tantas otras, romanticé su locura. Las dos sentíamos esa lechuza inmensa sobre nuestro pecho, que nos oprimía el corazón con sus fuertes garras, y me pareció ver en ella un don que compartíamos. La lectura de sus diarios me hizo ser consciente de su descenso a los infiernos, y de que su locura, aunque quizás contribuyó a potenciar su creatividad, fue una maldición que ninguna obra justifica. Al releerla después de ser madre, sus diarios, sus cartas, incluso sus poesías me han acercado a una realidad sobre la que no tantas veces se me había hablado: su complejo retrato de la maternidad, sombrío y luminoso a la vez, y la honestidad de una madre en apuros cuyo abandono pudo conducirla a la muerte.

En muchos de sus poemas, Sylvia Plath describe el intenso amor de una madre por sus hijos y, al mismo tiempo, lo agotadores que resultan sus cuidados. Sus versos mezclan la felicidad extática de la experiencia materna con la descripción de una pesadilla inquietante. Tan pronto canta una canción de cuna en una atmósfera idealizada, como confiesa sus arrebatos de protección ante la mezquindad de un mundo que es todo amenaza. «Pasé diez días de porquería», registra en su diario al relatar el parto de su segundo hijo, Nick, y al cabo de un mes escribe que tener hijos es la mejor experiencia de su vida. Plath transforma la maternidad en un terreno fértil donde confesar las ansiedades femeninas, y en eso es una poeta tremendamente política, que rompe con los estereotipos acerca de qué es ser madre, a la vez que saca sin tapujos la esfera privada al ámbito público de la literatura en un tiempo donde solo los hombres podían permitirse ese privilegio.

Leo el relato de la maternidad de Plath como si se tratara de una novela gótica. En sus diarios cuenta las pesadillas recurrentes en las que da a luz a bebés monstruosos, azules y deformes. En sus poemas hay cuevas, cuervos y pirañas.

> *Negros aires de murciélago*
> *Me envuelven, chales raídos,*
> *Fríos homicidios,*
> *Pegándose a mí como ciruelas.*

Los cuerpos de embarazadas son casas encantadas. Las madres deambulan de noche por pasajes subterráneos, y sus palabras son faros que iluminan los recovecos oscuros de la mente materna, sus terrores, sus culpas, sus contradicciones. El mundo es un claustrofóbico invierno.

Hay algo de victoriano en la poesía de Plath, en esos candelabros y esos camisones con los que atiende a sus hijos en plena noche, en ese temor a que una imaginación desbordada dañe a su feto, en ese miedo a disolverse y perderse para siempre en la identidad materna. La voz poética de Plath podría haber sido la de una de esas mujeres conducidas en plena madrugada a los manicomios ingleses y diagnosticadas de locura puerperal. De hecho, Plath escribe en un momento histórico que supuso un regreso al mismo ideal femenino de la era victoriana, y que la devolvió de nuevo a la esfera doméstica bajo el estereotipo del ángel del hogar.

Después de la Segunda Guerra Mundial, miles de hombres que volvían del frente querían los empleos que durante su ausencia habían ocupado sus mujeres. Además, en tiempo de paz, la industria bélica y pesada ya no era necesaria y debía encontrar otro uso; para ello se invirtió en las líneas blancas y los hogares tecnificados. Para que todo cuadrara, médicos, políticos, empresarios y publicistas aunaron fuerzas para convencer al género femenino de que su destino biológico era la maternidad, y su felicidad y poder verdadero se encontraban en la casa de sus sueños.

Betty Friedan, en el clásico feminista *La mística de la feminidad*, publicado dos años antes de la muerte de Plath, cuenta cómo ese culto a la domesticidad, ese regreso al hogar y a la abnegación, produjeron un profundo malestar en toda una generación de mujeres, al que ella llamó el «problema que no tiene nombre». Ese malestar podía quedarse en una insatisfacción leve pero constante, o evolucionar hasta la locura. Sylvia Plath no solo tuvo que convivir con esa atmósfera moral, sino que además se enfrentó a la descomposición del hogar ideal.

Desde la separación de su marido, Plath asume totalmente la responsabilidad de sus hijos, tanto afectiva como económica, con su familia a un océano de distancia. A la pena del desamor, se le suma el abrumador peso de la maternidad en un momento especialmente frágil para ella. Algunos de sus textos muestran su lucha por mantener alejados a sus hijos de su desesperación.

> *Tu mirada clara es la única cosa absolutamente hermosa*
> *Y yo quiero llenarla de color y de patos*
> *Con el zoo de los seres nuevos,*

exclama al inicio del poema «Child», para acabar en los últimos versos admitiendo su derrota:

> *Y no con este angustioso*
> *Retorcer de manos, este oscuro*
> *Techo sin estrellas.*

En sus últimos meses de vida, Sylvia Plath realiza constantes llamadas de socorro. Sola con sus hijos, se muda a Londres, que se verá azotado durante meses por tormentas de nieve, cortes de electricidad y el frío más intenso que había sufrido la ciudad desde hacía más de un siglo. Sylvia cae enferma con una fuerte gripe, y los niños sufren resfriados y tos. Aunque no acepta la ayuda que le brinda su madre de llevarse con ella a Estados Unidos a su hija Frieda, pues cree que es mejor que permanezca a su lado, en su correspondencia no deja de decir cuánto necesita una niñera y cuánto teme haberse perdido a sí misma bajo la avalancha de responsabilidades.

Pero sería injusto no reconocer la alegría y el cariño con los que Sylvia trató a sus hijos a pesar de la dureza del momento. Pocas semanas antes de su suicidio, Sylvia le cuenta a su madre que ha llevado a los niños al zoo, que han resuelto juntos rompecabezas, que les ha leído cuentos y que han pasado un día muy divertido. Estoy segura de que, al igual que yo, Sylvia es capaz de sentir destellos de felicidad absoluta al compartir tiempo con sus hijos. El penúltimo poema que escribió, «Globos», explica una situación cotidiana en la que una madre y sus hijos juegan con los globos de colores que permanecen en casa después de la celebración de Navidad:

> *¡Con qué extrañas lunas vivimos*
> *En vez de con un mobiliario muerto!*

La madre observa al niño, y se admira con jovialidad de su exquisita forma de ser de otra manera, de observar el mundo maravillado. Es un poema vital, que ilumina las sorpresas alegres que trae la maternidad.

Solo nueve días después de escribirlo, Sylvia Plath se suicidó. Se ha escrito tanto sobre ello, que a mí no me apetece hacerlo. Solo diré que justo antes de entrar en esa gran abstracción que es la muerte, Sylvia dejó en la mesita de noche preparados para sus hijos dos vasos de leche para cuando despertaran.

Los programas de los partidos no suelen ser prolijos en medidas para las madres. Menos cuando se ha tratado de controlarla, prohibiéndola o fomentándola sin fin, la política ha dado la espalda a la maternidad. Mi grupo parlamentario defiende sin embargo una medida que desde el principio levanta polvareda: la equiparación de los permisos maternos y paternos, y que además estos sean intransferibles. Con ello se pretende que los hombres no puedan renunciar al ejercicio de su paternidad y avanzar en la simetría de la responsabilidad de la crianza, pero también acabar con la losa que pesa sobre las mujeres en edad fértil en el mercado laboral, que nunca más ninguna de nosotras vuelva a ser mortificada en las entrevistas de trabajo por la más inoportuna de las preguntas. Es una de las primeras leyes que queremos impulsar y, como vocal de la Comisión de Igualdad, soy una de las responsables. Yo, que tengo al padre de mis hijos pegado a sus cunas, que cruzo cada semana el desierto distanciándome veinte mundos de ellos, y que en cambio soy incapaz de desprenderme del peso de la culpa cada vez que veo un carrito por la Gran Vía y pienso que no soy yo quien tira del de mis hijos, debo reunirme con colectivos de madres a menudo y ser autoridad. La finalidad es conocer sus visiones sobre la nueva ley que proponemos, defenderla y buscar ese consenso que ni siquiera he alcanzado conmigo misma.

Cuando me dirijo a cada una de esas reuniones, normalmente en alguna de las salas nobles que pueblan el Congreso, me acicalo para sentirme más segura. Me enfundo unos zapatos bien limpios y relucientes, en los que si me fijara podría incluso ver reflejada la vacilación de mi pupila, y camino con todo el ímpetu hacia la sala. Pero siempre, antes de entrar, me invade esa sensación de ir descalza, de pisar piedra, y una y otra vez bajo la mirada. Al abrir la puerta, los herrumbrosos cerrojos tañen por un viento que parece venir de otro tiempo. Algunas veces me reúno con fervientes detractoras de la ley, colectivos que defienden la existencia de un vínculo biológico especial entre la madre y el bebé. Reclaman que el Estado respete y facilite el desarrollo de ese cordón umbilical que, aunque ya invisible, saben con toda seguridad que existe y de qué está hecho. Piden entonces permisos más largos para las madres que para los padres, y aducen el daño físico y psicológico que se produce en la infancia ante una separación temprana para que la madre retome sus tareas laborales. Citan estudios científicos de todo tipo y el término «apego» sale de su boca con un eco que es para mí una bala. Conocen el nombre de todas las hormonas y las fases del desarrollo infantil, tienen un itinerario lleno de flechas en el que no es posible caer en esas arenas movedizas en las que yo estoy atrapada. Otros colectivos insisten en la necesidad de que el Estado ponga los mecanismos para que las madres puedan volver cuanto antes al trabajo para reventar los techos de cristal. Se trata de asociaciones de empresarias y directivas de renombre que visten impecables trajes chaqueta y hablan con una seguridad pasmosa. Defienden los liderazgos femeninos y apuestan por tomar los consejos de administración; a menudo reniegan de las reducciones de jornada o las excedencias por ser un obstáculo en el ascenso al cielo del capitalismo. El comportamiento de una sola madre tiene para ellas el poder de revertir años de esforzada lucha feminista. Son habitualmente reuniones tensas, donde, siempre y sin excepción, antes del inicio formal, hablamos de nuestros hijos para relajar la atmósfera y sentirnos legitimadas ante las discusiones que vendrán.

En una ocasión en que no me apetece sacar mis galones, me aparto del corrillo que forman las asistentes que van llegando. Tomo una pesada jarra de agua, me inclino bajo su peso y lleno los vasos para que todo esté listo al empezar. Junto al sonido mullido de mis pasos oigo un rumor que viene de la cargada atmósfera exterior y que retumba como mil carros tirados por caballos justo antes de entrar en combate. Miro por la ventana para averiguar su procedencia y, por un cielo plomizo, las nubes dibujan el perfil de cientos de langostas, en cuyas colas distingo puntiagudos aguijones. De sus cabezas coronadas sobresalen dientes de león que amenazan con comerse en un pestañeo cada uno de los árboles del inmenso Retiro y dejarnos a todas las que vamos a reunirnos hoy aquí sin aire. La jarra estalla repentinamente contra el suelo y sus cristales se esparcen por la moqueta vetusta como arena en un tornado. Solo entonces me doy cuenta de que mis manos tiemblan a una velocidad inusitada y que todas las madres ahí reunidas dirigen su mirada estupefacta hacia ellas. En cuanto soy capaz de reaccionar, salgo de la sala con la excusa de ir a avisar a los servicios del Congreso para que limpien el destrozo. En lugar de eso me refugio en el baño hasta que mis manos recobran su paz habitual. Me sobrepongo y regreso a la reunión. Pero la angustia no desaparece. Pienso en esas madres que permanecen fuera de estas salas, tan privadas de todo que ni siquiera pueden pisar el suelo de este edificio lleno de cristales, tan a la intemperie que están completamente vendidas al aleteo de las langostas iracundas.

En cuanto acaba la reunión me acuerdo de Medea. Intento imaginar cómo viviría después de dar muerte a sus hijos, si pudo olvidar en algún momento el grito de Mérmero y Feres y volver a sentir un atisbo de felicidad. Según la tradición, huyó a Atenas, donde se casó e incluso tuvo un hijo, con quien marcharía de nuevo en el carro alado para acabar sus días junto a él en la moderna Irán.

Hasta la tragedia de Eurípides, en el mito de Medea no era ella quien mataba a sus hijos, sino los corintios, en venganza por el asesinato de su rey. Se cree que el dramaturgo cambió el final bajo el encargo de las autoridades de Corintio, que querían limpiar el nombre de su pueblo de semejante reputación. Ese cambio permitió a Eurípides meterse en el corazón de una madre torturada, mostrar su dolor y vacilaciones, sus debilidades y ambiciones. No sería la única vez que lo haría. En sus obras, Eurípides mostró con una claridad desgarradora los dilemas que enfrentan las madres que crían a sus hijos en un mundo dominado por hombres. En la antigua Grecia, las mujeres tenían poca libertad y derechos legales, eran seres casi invisibles e inservibles más allá de las puertas de su casa, e incluso sabios de la talla de Aristóteles y Galeno negaban que aportaran nada a la creación del hijo: era el padre quien proporcionaba la semilla, la vida, mientras que la madre no era más que materia inerte que lo acogía en su seno un tiempo. Así se justificaba que careciera de ningún derecho sobre el fruto de su vientre, que pertenecía como una posesión más al padre. Hasta tal punto se velaba la maternidad que el parto más representado de la iconografía griega es el de un varón, el todopoderoso Zeus. Cuenta el mito que el rey de los dioses había sido alertado de que si su esposa, Metis, tenía una hija, después pariría un hijo que le arrebataría el trono. Encinta y a punto de dar a luz, Zeus se la tragó para romper la profecía. Al cabo de un tiempo, mientras paseaba por la orilla del lago Tritón, sintió un agudo dolor de cabeza y se puso a dar alaridos que resonaron en todo el firmamento. Su hijo Hermes acudió en su ayuda y le abrió el cráneo con un hacha, de donde saltó Atenea, armada y lista para la guerra.

En un mundo donde el parto más venerado era el fruto de la cabeza de un hombre, muchos se han preguntado qué llevó a Eurípides a sentir ese interés por las ocultas madres. Se sabe poco de su vida, pero se dice que fue extremadamente desdichado. Según la leyenda nació y murió en el exilio, tuvo matrimonios infelices y un éxito literario lejos del que habría deseado. Dicen que tenía una sensibilidad extrema para las artes, lo que le llevó a ejercitarse en la pintura, y los anticuarios de épocas posteriores creyeron descubrir obras pictóricas suyas en la ciudad de Megara. Se opuso fervientemente a ser uno más del rebaño y protestaba contra sus normas morales, supersticiones e injusticias. Acabó su vida solo, alejado de su patria, lleno de pesimismo y amargura. Quizás por todo eso hizo de las desdichas maternas uno de los temas centrales de sus obras. Para comprender la desgracia de una madre, parece, hay que haber probado algo de la propia.

Eurípides sabía bien qué nos ha atenazado a las madres durante siglos, y qué seguramente seguirá haciéndolo en el tiempo por venir. Porque no solo tenemos que hacer frente a cómo criar a nuestros hijos, mantenerlos y dejarles una herencia en un mundo lleno de inseguridades. Los dioses siempre pueden infligir el peor de los castigos, el de la muerte de lo que has parido, y entonces no hay consuelo posible, como mostró con los lamentos de Andrómaca en *Las troyanas*. Después de que Troya haya perdido la guerra frente a los griegos y que las troyanas hayan sido apresadas, Andrómaca, viuda del héroe vencido Héctor, debe despedirse de su hijo, al que sus enemigos han decidido matar. Antes de que sea despeñado por la muralla de la ciudad de Ilión, su madre lo abraza y le dirige estas palabras:

> *¡Cuerpecillo, tierno cuerpecillo,*
> *amor supremo de una madre!...*
> *—¡oh, dulce fragancia de tu piel!...—.*
> *¿Para qué te ha servido*
> *el mamar de mis pechos*
> *cuando usabas pañales?*
> *Inútiles han sido mis cuidados*
> *y los sufrimientos de mis esfuerzos.*
> *Ahora, por última vez, abraza a tu madre,*
> *cae sobre quien te ha alumbrado,*
> *rodea mi espalda con tus brazos*
> *y pega tu boca con la mía.*

Después de leer estos versos, poco sorprende que Aristóteles llamara a Eurípides «el más trágico de todos los poetas».

Para mí llevar a mis hijos por primera vez a la playa es un reto que me infunde una melancolía sobre cómo habría podido ser mi propia infancia. Crecí en una ciudad que vivía de espaldas al mar, y solo en tiempos olímpicos, cuando yo ya alcanzaba la pubertad, se atrevió a mirarlo de frente. Tampoco la fortuna nos dotó a mi familia y a mí del caudal suficiente para permitirnos otro hogar en la costa y los mágicos veranos que siempre envidié a los que sí lo tenían, con su pandilla de amigos fieles y primeros amores inolvidables. Yo descubrí el mar cuando según los psicólogos mis traumas ya habían hecho mella, me acostumbré a huir hacia él en busca de consuelo cuando quizás era demasiado tarde para aprender a consolarme. Por eso un domingo aparentemente soleado siento que no puedo demorarlo más y le digo a Tomás que nos acerquemos a la Barceloneta con los niños.

Mientras bajamos en el autobús el sol da paso a una borrasca que amenaza lluvia. Pero seguimos adelante y cruzamos la ciudad hasta llegar a la playa de Sant Sebastià, bordeada por palmeras y piscinas públicas que, no puedo evitar pensar, acabarán sucumbiendo en pocos años al imparable aumento del nivel del mar. Dejamos el carrito en el paseo, Tomás toma a la niña en brazos y yo al niño, y nos adentramos en una arena sorprendentemente limpia y libre de los desechos de los meses veraniegos. Cuando estamos ya cerca de la orilla me paro y, con solemnidad, le enseño a David el mar. Las olas braman con el viento que se ha levantado y en los rompientes se eleva vigorosa una espuma blanca llena de burbujas. David se agarra a mis brazos muy fuerte, le da la espalda al océano y prorrumpe en un hercúleo llanto. Creo que teme que esta inmensidad se derrame y que, igual que las ondas mandan los rociones de un lado a otro, el caos nos golpee. Lo beso, le hablo con voz dulce, lo acaricio, lo fijo firme entre mis brazos e intento contarle que el mar es su amigo. No hay temblor que valga en este momento fundacional, que permanecerá en lo más profundo de su tejido neuronal durante toda su vida.

El siglo en el que nací fue el siglo de Auschwitz y de la Gran Guerra, el de las vanguardias y el pop art, el del esplendor de las salas de cine y el agujero en la capa de ozono, el de la energía nuclear y los módems estridentes, pero fue también el siglo de la maternidad científica, en la que los expertos, a través de revistas de crianza y libros con detalladas instrucciones, dictaban qué debía hacer una madre si no quería erigirse en la culpable de todos los males de su hijo y por extensión de la humanidad. El psicoanálisis le dio nombres sugerentes según sus principales defectos. La madre congelador es aquella que desea mantener a su hijo a su lado para siempre, como un ser inerte y sin voluntad; la madre cocodrilo, en cambio, la caníbal destructora cuyo amor no conoce límites. A mediados de siglo, el doctor Winnicot, a través de su afamado programa radiofónico, quiso relajar a las madres británicas de tanta angustia. No existe la madre perfecta, les decía, basta con ser una «madre suficientemente buena». Un ay de alivio se escuchó en todo el país, pero duró poco, porque si no se alcanzaba ese «suficiente», si había un momento de flaqueza, la psicosis era inevitable. Mientras yo trato de sostener a David firme, bien agarrado, por las ondas radiofónicas en algún plano temporal siguen oyéndose las palabras del viejo psicoanalista dirigidas a los cientos de miles de madres que se arremolinan alrededor del transistor en la cocina: «Si una madre tiene el cuerpo y la cabeza de su bebé en sus brazos y no piensa en él como una unidad, y se mueve para coger un pañuelo o cualquier otra cosa, la cabeza se ladea y el niño se queda en dos piezas: ca-

vaivén de las olas. Sara, más osada, lo mira con cierto aire de guerrera, cómodamente asentada en los brazos de su padre. Algunos de los corales que se esconden bajo estas aguas tempestuosas tienen decenas de millones de años. Yo me conformaría con vivir en simbiosis con mis hijos un lapso de esa eternidad de tiempo. Desde que nacieron, trato de negociar con la muerte y con ese Dios en el que no creo. A veces me sorprendo con un «Hasta los ochenta ya firmaría». Luego pienso que me paso de ambiciosa, y lo bajo hasta los setenta. Pero mientras hago estas cábalas me doy cuenta de que nada me bastaría, que el momento de la disolución de ese vínculo entre alga y coral será siempre una espada.

Poco a poco, imaginando las algas y los pólipos coralinos movidos por el océano, imitando yo misma ese vaivén con mis hijos en brazos y observando la cara de felicidad de Tomás, los cuatro nos vamos relajando y disfrutando de un domingo cualquiera frente al mar.

El ambiente de los chats de los partidos políticos debe de parecerse mucho al que se respira en el inframundo. Hay un vapor que asciende de las pantallas de los móviles y te nubla la mente como si del fuego infernal se tratara, golpeando tu autoestima, rebajando tu ilusión y esperanza. Desde que entré en la política institucional, una de mis herramientas de trabajo es una aplicación de mensajería instantánea de origen ruso reputada por su seguridad. El grupo parlamentario decidió crear el chat en esta plataforma con el convencimiento de que, gracias a sus sofisticados métodos de encriptación, nadie ajeno entraría ni sacaría siquiera una sílaba de nuestras conversaciones. Lo que sí parece que ha podido entrar sin ningún tipo de reserva es la hostilidad. Una vez que ha pasado la euforia de las primeras semanas y el afecto repentino entre desconocidos que esta provocó, se van repartiendo los papeles, y algunas nos quedamos con los menos agradecidos. Los espacios de debate de los que nos hemos dotado son casi desiertos, los métodos de participación de los diputados en las decisiones importantes han quedado reducidos a ruinas sin que apenas los hayamos usado. La información es el verdadero tesoro que esconde esta casa y no las obras de arte que cuelgan con firmas célebres, y desafortunadamente esta es mucho más escurridiza y fácil de esconder que los óleos impresionantes. Pronto se hace evidente que las decisiones se toman en despachos a puerta cerrada y en bares donde circula el vino y los golpes en la espalda de camaradería masculina.

Yo asumo sin pestañear que me toca impugnar ese orden de cosas, y ser la que saca el ábaco y cuenta cuántas mujeres no hay en las mesas de dirección y reuniones trascendentes. Soy también la que se queja de ese filtro negruzco por el que no pasa la información y nos hace permanecer a oscuras en nuestros quehaceres. Pero no soy la única que ha asumido su papel. Están también los que callan pase lo que pase, los que cierran filas pase lo que pase, los que adulan pase lo que pase y los que confrontan con cualquiera que no asuma esos papeles. Y me convierto en el blanco de estos francotiradores. De nada sirve que mis críticas se realicen en el interior del hogar y a resguardo de los periodistas ávidos de discordia, tampoco que con más o menos atino pretendan reconducirnos a la senda por la que llegamos: se me acusa de alta traición a golpe de emoticonos, ironías desmañadas y contundentes +1.

Una noche, mientras yazco tumbada en la cama del hotel, el debate alrededor de la diversidad de pensamiento en el grupo parlamentario se torna especialmente cruento. Defiendo sin ambages una línea que, aunque no es mayoritaria, sí lo es en la federación territorial de la que procedo. Me opongo fervientemente a un centralismo que ha acabado por difuminar los sueños de plurinacionalidad con los que nos presentamos a las elecciones. Enseguida me convierto en un campo de tiro sobre el que dos compañeras practican sin pudor su puntería ante la mirada muda del resto de participantes. La agresividad campa a sus anchas en este reino digital.

Hay poca luz en la habitación, de ascuas casi apagadas. Fuera la nieve ha cubierto las calles madrileñas como lana y los edificios grisáceos iluminados por la luna parecen glaciares. Al leer esa sucesión de balas desfallezco, fantaseo con el garabato de mi firma en una carta de renuncia, y con un automatismo donde son las yemas de mis dedos las que mandan, tecleo un «Por salud mental os pediría que pararais».

Al releer lo que acabo de escribir un colmillo helado se clava en mis manos, y las garras que sujetaban el móvil aflojan su contracción y este cae en la cama. Me pongo a llorar como

David y Sara, con desenfreno, un llanto solitario que, como el de los bebés, ni yo misma sé de dónde viene. La tormenta de nieve arrecia fuera y se lanza sin clemencia contra la ventana. Paso un tiempo así, acallando el sonido del viento con mi llanto. A medida que mis párpados se cierran vencidos por el sueño, las ascuas van produciendo menos luz hasta quedar completamente a oscuras.

Despierto con el zumbido del despertador y al agarrar el móvil para desactivarlo, recuerdo mis propias palabras, las llevo hasta mi boca seca y me saben a arrepentimiento. No tanto por lo que enseñan, mi infinita debilidad y mis escarceos con la locura, sino por los vocablos que he elegido. Hay algo en ese sintagma, salud mental, que no me representa. No es ese blanco que emana de los asépticos confines sanitarios el color de mi sufrimiento. No hay nada en esas dos palabras que pueda dar fe del delirio que ayer me provocó la injusticia. Antiguamente se clasificaba como «delirium» el comportamiento de cualquier enajenado, fuera cual fuera su causa o proceder. El origen del nombre, que literalmente significa «lejos del surco», proviene de una de las muchas pruebas que se le podían realizar al sospechoso de locura: se le daba una vara para que realizara un surco en el suelo y, si no era diestro en su ejecución, pasaba a engrosar las estadísticas del «delirium». Sin duda ayer yo hubiera sido incapaz de trazar una línea recta en ese suelo blanco madrileño, y ningún bisturí del alma podría haberlo conseguido.

En la actualidad el sufrimiento psíquico ha quedado englobado médicamente bajo la categoría de salud mental, y a los llamados trastornos mentales menores se los ha agrupado en dos nombres, ansiedad y depresión. La primera proviene de la raíz indoeuropea *angh-*, «estrecho». «Depresión», en cambio, hace referencia a una caída, como la depresión atmosférica, con la que damos cuenta de zonas de baja presión que desatan fuertes vientos y lluvias. Ambos términos tienen una aplastante connotación negativa que no deja de atinar, porque el sufrimiento psíquico nos hunde y nos confina a espacios angostos. Pero, aunque caiga en el riesgo de romantizar el dolor, también hay algo que se expande cuando sufro, hay algo de pasión que desde el pánico a la muerte me recuerda mi lucha por estar viva.

Fue el siglo XX el que forjó este nuevo sistema lingüístico en torno a la locura y la percepción que hoy tenemos de ella. Mientras yo jugaba bajo el sol abrasador de mi ciudad a la comba, un grupo de médicos estadounidenses se reunía para redactar la biblia contemporánea de la locura, el *Manual Diagnóstico y Estadístico de los Trastornos Mentales*, más conocido como *DSM*, por sus siglas en inglés. La impetuosa expansión de la industria farmacéutica en la psiquiatría obligaba a unificar criterios en los diagnósticos, pues su práctica se hacía imposible sin grupos homogéneos de pacientes con los que experimentar y a los que medicar. Así, redactaron extensas relaciones de síntomas, que el psiquiatra podía ir tachando mientras escuchaba al desdichado paciente, como si de una lista de la compra se tratara.

Lo que puede parecer casual, un avance en la tecnificación de los términos, tiene consecuencias que afectan a cada uno de nosotros, a los que padecemos este tipo de sufrimiento, pero también a quien se cree totalmente inmune. Ya nadie habla de esa melancolía que Platón afirmaba que estaba relacionada con la «furia divina» del poeta. Ya no hay fuerza creadora en la locura, movilizadora en la tristeza, ya no hay rebeldía en la congoja. Los nuevos términos desdibujan y aplastan el carácter ambivalente que ha tenido la melancolía a lo largo de la historia, y se someten a la ideología imperante del culto al libre mercado. Los deprimidos no encajamos en los ideales neoliberales de la eficacia a tiempo completo y la positividad. De esta forma el malestar avanza sin tregua: el contexto en el que vivimos produce seres depresivos y al mismo tiempo los excluye. Y ahí, ante ese dolor, las fuerzas carroñeras de la ultraderecha pueden hacer su agosto. Ante nuestra vulnerabilidad y el aislamiento al que un sistema que nos expulsa nos conduce, los traficantes del miedo pueden recoger buenos frutos.

Después de ducharme y vestirme para asistir al pleno del Congreso, cojo el móvil y abro de nuevo el chat del grupo parlamentario. Qué mal lucen mis palabras. Qué expuestas y qué estériles me parecen cuando llego a eso de la salud mental. Me siento tentada a escribir que olviden lo que han leído. Que yo lo único que quiero es apelar a la reconciliación y el terreno compartido. Pero soy consciente de que tampoco ahora sería capaz de trazar ese surco que me daría la entereza para soportar los vapores opresivos del chat, decido cerrarlo de nuevo y callar por un tiempo.

La historia de mi familia paterna ha estado atravesada por la locura. Mi abuela huyó, junto a mi padre y sus hermanos, de un pueblo castellano en el que estaban condenados a la miseria, y a medida que sus condiciones materiales mejoraban en una Barcelona que les abrió los brazos, cada uno de ellos se fue sumiendo en una depresión que a la mayoría los acompañaría de por vida y de la que yo fui testigo imitativa a lo largo de los años. Sea cual sea la hipótesis, la biología o el aprendizaje, es cierto que hay un vestigio que llega hasta mí y que por nada del mundo querría legar a mis hijos. Se lo digo a menudo a Jaime, le pregunto por qué mi familia ha tenido que sucumbir de esta forma al sufrimiento, le suplico que me dé las claves para lograr que conmigo se extinga esta estirpe dolorosa. Jaime me intenta hacer ver que no todo es negativo en este atributo que nos persigue: «Si no fuera por vosotros —me dice—, no existiría el arte».

En *En busca del tiempo perdido*, Marcel Proust recrea en el relato de la muerte de la abuela del narrador la muerte de su propia madre. Antes de morir, el doctor Du Boulbon se apresta a la cama de la enferma. El médico está convencido de que aún no ha llegado su hora, y que sus males tienen mucho de psicológico, por lo que la manda a pasear bajo los laureles de los Campos Elíseos y la tilda de hipocondriaca neurasténica. Ante la oposición que muestra la paciente, Du Boulbon realiza un panegírico de los dolientes nerviosos:

«Soporte que la llamen nerviosa. Pertenece usted a esa magnífica y lamentable familia que es la sal de la Tierra. Todo lo grande que conocemos se lo debemos a nerviosos. Ellos, y no otros, son los que han fundado religiones y han compuesto obras maestras. El mundo jamás sabrá todo lo que les debe y sobre todo lo que ellos han sufrido para dárselo».

En el desespero del que soy presa desde que nacieron mis hijos, soy incapaz de contribuir a esa gran familia, y la ansiedad bloquea el impulso de escribir que me sobreviene a veces. Pero es cierto que los momentos de concentración que le arranco a mi estado, los aprovecho para encontrarme con mis antepasados locos. En una especie de ouija literaria, resucitan ante mí a través de sus diarios, poemas y cartas y consiguen hacerme más compañía que todos los trabajadores de Pfizer unidos. Donde más me encuentro es en los historiales médicos de esas locas victorianas, cuyas palabras busco y como vorazmente. Cada uno de sus quejidos me sabe amargo, pero a medida que voy realizando esta labor de arqueología y reconstruyendo los cimientos de mi propia locura voy sintiendo un sabor parecido a la miel.

La Europa del siglo XIX fue testigo de un aumento desmedido de los hospitales mentales y sus reclusos. «Dudo que alguna vez en la historia del mundo, o en la experiencia de épocas pasadas, haya habido mayor cantidad de locura que en el presente», se lamentaba el doctor John Hawkes, del asilo inglés del condado de Wiltshire. Muchos pensamos hoy lo mismo al ver las apabullantes estadísticas de la Organización Mundial de la Salud sobre ansiosos, depresivos y psicóticos que hablan de verdaderas epidemias. Quizás compartimos con nuestros antepasados decimonónicos un misterioso virus que cada cierto tiempo vuelve a acecharnos, quizás somos víctimas del mismo deslizamiento diagnóstico que hace que cualquier sufrimiento caiga en el vasto mar de la psiquiatría, o bien vivimos la misma época convulsa que, igual que observaba el doctor Hawkes, nos pide «más logros, más velocidad, más lujos, más fuerza y más capacidades de las que están en consonancia con la salud».

Mientras abro un libro tras otro aprendo viejos idiomas con los que mis antecesoras en el dolor trataban de dar voz a sus miedos. En cada momento, la locura ha tenido su propia lengua vernácula, y las pacientes victorianas elegían a menudo la de la religión, que con su consuelo y amenaza inundaba su cotidianidad. Los archivos de los asilos dan cuenta de cómo cientos de ellas afirmaban acongojadas que habían transgredido la voluntad de Dios y cómo la perdición de su alma era su condena. Al fin y al cabo, si Satán existiera y tuviera un mínimo de agudeza, sabría que no hay peor tortura que un buen ataque de ansiedad. Y yo, atea convencida, voy hallando en sus palabras un espejo que el *DSM* me ha negado. Como en las de Ellen Penfold, una modista de veintiocho años con cinco hijos que afirmaba que «estaba muerta y convertida en polvo» y clamaba para que Dios le abriera la puerta cerrada a cal y canto del Paraíso. Alice Mary Aphius, internada en el condado de Essex, también juraba estar muerta, pero ella en cambio había conseguido colarse en el cielo sin merecerlo. Al entrar en el manicomio confesó que había cometido terribles pecados, el peor de ellos: convertir a su marido en mujer. Me pregunto qué fue de Alice y su repentinamente femenino cónyuge, pero solo encuentro que fue dada de alta al poco tiempo con un contundente «estado de salud mejorado» como última nota en el historial. Uno de los mayores misterios que no he logrado resolver lo protagoniza la pobre Eliza Miller, ingresada tras la muerte de su bebé en el Colney Hutch Lunatic Asylum, donde solo fue capaz de balbucear que había cometido «un pecado imperdonable». A los pocos días de su ingreso, se cortó la garganta en su dormitorio con una cuchilla de diez centímetros. Cuando le pidieron a su esposo el certificado de nacimiento para expedir el de fallecimiento, este respondió por carta que no lo tenía, pues Eliza había quemado un gran número de documentos antes de ser conducida al manicomio. A veces por la noche imagino a Eliza, su rostro macilento iluminado por la hoguera que ella misma ha prendido, y le pregunto qué trata de ocultar en el fuego, cuál es ese pecado y si quizás yo podría ayudarla a encontrar el perdón.

Mientras trato de hacer política, la forma que me ha parecido más útil para intentar contribuir a un mundo mejor, no dejo de regodearme en un dolor que no se me escapa que tiene mucho de narcisista. No puedo evitar pensar que estas huidas hacia atrás, a otros tiempos de la locura, buscan una justificación a mi cobardía e inmadurez. También tienen algo de fetichismo, de deleite en la hiel injusto para mis hijos y que puede devenir en parálisis. Pero a la vez pienso que, si esta órbita saturnina no la realizamos en soledad, quizás podamos darle un sentido más complejo y convertirla en fuerza política.

En el Congreso soy vocal de la Comisión de Cultura, y en los últimos años he sido también su portavoz. Soy una de las pocas mujeres que acude a sus sesiones, dominadas por corbatas grises que demasiado a menudo usan la cultura como moneda de cambio para contentar a los cargos territoriales de los partidos. Sentada en las mullidas butacas de piel granate, soy testigo de cómo el ascenso de los partidos reaccionarios ha agrandado aún más la creencia por parte de los políticos de que la cultura no es más que una distracción etérea, un pasatiempo más digno de las clases acomodadas que de las que sufren el vacío del bolsillo. El médico romano Asclepiades trataba a sus pacientes aquejados de males mentales por medio de «symphonia». Hoy nos peleamos por una sanidad pública en la que todo el mundo tenga acceso a su dosis de serotonina en píldora, pero olvidamos que el arte puede ser uno de los mejores aliados para entender el significado de nuestro dolor y, en lugar de acallarlo bajo el aturdimiento, dotarlo de una energía transformadora.

El presidente de la comisión es un señor mayor de porte valleinclanesco, un médico de los de antes de elevado bagaje, que despliega mediante referencias cultísimas en sus intervenciones durante las sesiones. Yo, presa del ajetreo parlamentario, me desespero ante sus largas peroratas, que parecen no tener fin ni ser conscientes de las agendas infinitas de los diputados que lo escuchan. Un día, sin embargo, llama mi atención: no realiza una de sus afirmaciones vehementes, sino que plantea una pregunta a la que él mismo dice no tener respuesta. «Qué es la cultura, no lo sé, señorías», se lamenta, y aunque no deja de ser algo manido, la expresión de la duda tan poco habitual en estos lares consigue despertar en mí la empatía y la reflexión.

Es posible que la respuesta más certera a su pregunta la podamos encontrar a pocos pasos de aquí, en el Museo Reina Sofía, donde se exponen los grabados de la artista alemana Käthe Kollwitz, oscuras piezas que denuncian la miseria, la injusticia y la muerte que provocan el hambre y la guerra.

Testigo y víctima de las dos guerras mundiales, la primera se llevó a uno de sus dos hijos, Peter, y la segunda a su nieto, hijo de su hijo Hans, cuya ausencia le perforó de nuevo el corazón casi treinta años después. Poco antes de fallecer, el ejército nazi bombardeó su casa y estudio en Berlín. «La guerra me acompaña hasta el final», escribió a las puertas de la muerte.

Para mí Kollwitz posee una de las cualidades que más admiro y que menos abundan en el Congreso y en mí misma. La capacidad de cambiar de idea, de evolucionar en su ideología, la de la contradicción a lo largo de su trayectoria vital, con sus vaivenes intelectuales de los que dejó testimonio en su diario.

En 1914, como la mayoría de los alemanes, Kollwitz aceptó la guerra como una posición de defensa por la supervivencia nacional. Cuando su hijo Peter le manifestó su voluntad de unirse a las filas del ejército, fue ella quien ayudó a convencer a su marido para que diera su aprobación. Y allí lo mandó, con un ramo de flores y una copia del *Fausto* de Goethe. Después de su muerte, el deseo de honrarlo, de justificar semejante sacrificio, le impedía condenar la guerra y sus atrocidades. Las entradas de su diario son reflejo de una encarnizada lucha emocional e intelectual: «¿Es desleal contigo, Peter, que ahora solo pueda ver la demencia de la guerra?», escribe en medio de su propia batalla. Finalmente vence el antimilitarismo, y Kollwitz acaba comprometiéndose con la no violencia, que es para ella «no una espera pasiva» sino «trabajo, trabajo duro». Y eso fue para Kollwitz también el arte.

Solo cuatro meses después de que su hijo cayera en Flandes, Kollwitz anotó en su diario una afirmación de vida y una posible respuesta a la pregunta que cualquier político debería hacerse acerca de la cultura:

«Peter era simiente que no se debería haber molido. Él mismo era la siembra. Yo soy la portadora y la desarrolladora de sus cimientos. Lo que sea Hans lo dirá el futuro. Pero como he de ser portadora, serviré fielmente. Desde que he reconocido esto me siento más alegre y firme. No solo he de completar mi trabajo, he de completar el de ellos. Ese me parece el sentido de todo ese palabreo sobre la cultura. Solo me surge mediante el cumplimiento del círculo de deberes por el individuo. Cuando todos conocen su esfera de deberes y los cumplen, de ello resulta algo esencial y auténtico. La cultura de un pueblo no se puede construir, a fin de cuentas, sobre otra cosa».

Y en ese círculo de deberes, Kollwitz denunció con su arte la apropiación de la figura materna. Frente a la mujer que simboliza la nación y su poder de sacrificio al entregar a sus valientes vástagos, o la embarazada que representa la capacidad de regeneración nacional, ella pinta madres negras, enérgicas, que se niegan a la pérdida interminable y que apuestan por la presencia frente al ideal sin vida.

Eso hace en ese círculo de rabia que constituye «Las madres», parte de una serie de grabados contra la guerra que se ha convertido en un emblema del feminismo y la lucha por la paz. En él, un grupo de madres se unen para proteger a sus hijos y convierten el deber femenino del sacrificio por la patria en uno de solidaridad materna. En la esquina izquierda, una de ellas tapa los ojos de un niño, y juraría que intenta disimular su temblor para que no lo perciba el pequeño. En el lado derecho, un brazo gigante abraza a dos mujeres, una de las cuales tiene los rasgos alucinados de la artista. Las manos forman patrones intrincados, que buscan no dejar ni un solo cuerpo a la intemperie de la violencia. Pero lo que más me gusta son esos dedos, largos, muy largos, de una elasticidad inaudita, capaz de crear firmes muros de hueso, carne y piel.

Aunque yo no tengo respuesta a la pregunta que plantea el presidente, aunque muchos diputados que me acompañan crean tenerla, hay algo que sí tengo claro. Esta Torre de las

En mi agenda se mezclan las citas con Jaime con reuniones con ministros, entidades y activistas, y las referencias a leyes e iniciativas parlamentarias van seguidas de anotaciones sobre mi ansiedad. La amígdala, la ínsula, el hipocampo, el cuerpo estriado ventral, la estría terminalis o la corteza cingulada anterior. Estos bellos términos que escribo con destreza, como si de alguna forma pudiera así controlarlos, hacen referencia a los circuitos cerebrales implicados en esa hiperactivación del miedo que es la ansiedad y que funcionan gracias a los famosos neurotransmisores que trata de domar la medicación.

Fue la década de los noventa, la de mi adolescencia, la que vio nacer el milagro del Prozac y sus hermanos. No en vano, se la bautizó como la década del cerebro. Y fue con esa parafernalia biológica con la que crecí y la que me acompaña también en estos episodios de locura. Los desequilibrios que, según Hipócrates y sus contemporáneos, eran provocados por nuestros humores los provocan ahora la dopamina, la noradrenalina y la serotonina. Son palabras sonoras, aplastantes en su cientifismo. Pero sé que son incapaces de explicar en su totalidad la locura del mundo, y sé que en sus píldoras no encontraremos todo el consuelo que buscamos.

Yo no creo que la medicación tenga ningún efecto sobre mi ansiedad. No niego sus virtudes en determinadas circunstancias, no rechazo la alquimia farmacéutica y su capacidad para aliviar el dolor. Pero sé que las raíces de mi sufrimiento no responden a sus llamadas. Si he aceptado el tratamiento, ha sido en una especie de pacto con el mundo: un compromiso con los que me rodean y un por si acaso. El mismo por si acaso por el que mi abuela me confesó una vez que iba a misa. Un día, cuando nadie nos oía, me contó que, en algunos momentos, ahí de pie, rezando el Padrenuestro en coro, sospechaba que Dios no existía, pero que en caso de que sí, ese tiempo en la iglesia que le daría derecho al Paraíso estaría bien empleado. Hoy hay gente que se cuelga al cuello la estructura de la serotonina, ese puzle de hexágonos y líneas diagonales, como mi abuela lucía el crucifijo.

En esta negación de mi cuerpo en la que vivo, rechazo cualquier explicación física a mi malestar. Pero Jaime me obliga a mirar bajo mi piel, y me hace ver que, a fuerza de odiarlas, he establecido una relación tan estrecha con mis vísceras que a veces son ellas las que mandan sobre mi ansiedad. Todos somos oyentes del concierto que es nuestro cuerpo, me dice, y vivimos con la música de fondo que ejecuta la orquesta y que nos acompaña de por vida sin que le prestemos demasiada atención. Pero yo soy la directora, la que está pendiente del más mínimo desajuste, de si ese violín ha entrado demasiado pronto, de si el timbal ha perdido durante un segundo el ritmo, de si los vientos no están completamente sincronizados. Y eso son pinchazos, hormigueos, presión, quemazones.

Las personas ansiosas, y muy especialmente las hipocondriacas, tenemos la percepción de nuestro propio cuerpo extremadamente desarrollada. Los psiquiatras le han puesto el nombre de hipersensibilidad visceral, y es el mismo fenómeno que se produce en los pobres animales de laboratorio: sometidos a torturas constantes, ya no pueden dejar de sentir su cuerpo. Pero en cambio los ansiosos somos extremadamente tolerantes a grandes dolores. Los quejicas, los que andamos todo el día lamentándonos ante la más mínima sensación corporal, somos capaces de aguantar sin una lágrima cantidades ingentes de dolor, y eso también tiene un nombre, es la paradoja perceptiva de la ansiedad.

Un día, después de calentar la papilla de Sara y David, cojo la reja que protege los fogones cuando aún está caliente. En ese instante, oigo el mismo sonido que cuando se marca al ganado con un hierro al rojo vivo. Me miro la mano, rayada por las quemaduras, que desprende olor a carne quemada. Tomás acude corriendo a mi lado y aturdido me dice que tenemos que ir a urgencias. Pero yo me encojo de hombros y, con toda la tranquilidad del mundo, le digo que no hace falta y me pongo a dar de comer a los niños.

—No —le respondo.

Visto al niño y salimos de la consulta con una receta bajo el brazo que promete devolverle el bienestar en pocas horas. Y así es. Por la noche, David ya no tiene fiebre y descansa en su cuna ajeno a la agitación a la que estoy a punto de sucumbir yo en la cama de al lado. Porque cuando ya me estoy quedando dormida, cuando por fin mis extremidades y mandíbula se relajan, las palabras de la doctora sobre esa mancha de David acuden a mi mente en forma de pesadilla. No tiene importancia, si solo es una. Y allí se desencadenan todos los «y si» contra los que tanto me ha prevenido Jaime. ¿Y si tiene alguna más que me ha pasado inadvertida, escondida bajo un pliegue en los infinitos recovecos del cuerpo de un bebé? ¿Y si hoy no la tiene pero aparece mañana, o pasado, el mes que viene o en cualquiera de todos los cumpleaños que están por venir?

Desde que vieron esa mancha, en mi familia siempre han tratado de buscarle una correlación alimenticia. Un espárrago, alargado y de bordes redondeados, como los que cultivaban mis antepasados paternos en las tierras castellanas, o un boniato, que en esas castañadas que organizaba mi abuela en su principal del Eixample yo devoraba con esmero. Finalmente se inclinan por una opción menos elegíaca pero mucho más realista: una patata frita, como esas que comía durante el embarazo sin mesura y a las que tuve que renunciar cuando el ginecólogo dio la señal de alarma ante mi aumento de peso. Ya desde la Antigüedad existía la idea de que, si la embarazada deseaba una fruta u otro alimento fervientemente y se tocaba una parte del cuerpo en ese momento, imprimía para siempre esa forma en la piel del feto. Hubo un tiempo en que no eran solo las parientes lejanas del pueblo o las vecinas ancianas que vivieron una guerra quienes veían en esas manchas los llamados antojos; eruditos como Hipócrates, Aristóteles o san Agustín también defendían su existencia. El médico alemán Daniel Sennert dejó atestiguado en el siglo XVI varios relatos aterradores del poder de la fantasía materna: una mujer embarazada que presenció cómo un carnicero cortaba en dos el cuerpo de un cerdo parió a un hijo cuyo paladar estaba partido hasta las fosas nasales; otra, que mientras daba de comer al ganado sufrió el ataque de una oca a la que golpeó con un palo y dejó coja, dio a luz a un niño con una pierna que parecía vivamente la pata rota del animal.

A mí, al ver esa mancha de David por primera vez, me pareció claramente una isla. Una isla larga y estrecha, de amable geografía y costas accesibles para una madre como yo, perdida en el océano como una astilla de madera en un naufragio. Pero de repente, en esta noche donde la otitis de David ya nos ha dado tregua, empiezo a temer que su cuerpo sea un archipiélago, con miríadas de trozos de tierra moteando esa epidermis nacarada por el calor de la calefacción. Y, desoyendo todas las directrices del psicólogo, me levanto de la cama para realizar una de mis enésimas comprobaciones.

Por la ventana, el satélite entero ilumina las sábanas que ahora aparto bruscamente. Y al observar ese cuerpo que yace tranquilo, ajeno a los grajos y búhos que se posan en el alféizar, distingo una infinitud de manchas que sorprendentemente me habían pasado desapercibidas. En pocos segundos la luna llena se viste de rojo sangre y ya no me deja distinguir con claridad esos contornos que hace un momento eran tan nítidos. Con la mano temblorosa, cojo el móvil, activo la linterna y, como si de un candil se tratara, lo acerco a David. Pero mi vista se ha nublado, las palpitaciones aumentan a un ritmo frenético, noto el cosquilleo de un ejército de hormigas marchando por mi cuerpo y los vapores que emanan de mi hipocondrio, caliente como un horno, se tornan sudor frío al contacto con mi helada piel.

Cuando caigo en la cama y el móvil golpea contra el suelo, Tomás se despierta y pregunta qué pasa. Trato de explicarle entre sollozos que un archipiélago está creciendo en nuestro hijo, y que la pediatra dijo que si era una no pasaba nada. «Si era una, ¿entiendes?, si era solo una». Tomás se dirige a la cuna del niño, lo tapa de nuevo y lo besa como para protegerlo de la madre loca que acaba de escrutarlo y amenazar su inocencia. «El niño está bien, créeme —me dice—. Olvídalo. No hay manchas, no hay nada, está perfecto. Tienes que hacer un esfuerzo y sacarte de la cabeza esos pensamientos».

En el siglo XVII se inició una querella entre los llamados imaginacionistas, que creían que las fantasías de la madre tenían el poder de transformar al hijo, y los que se oponían a ello, los antiimaginacionistas. El erudito Ludovico Antonio Moratori, en su tratado *Della Forza della Fantasia Umana*, discutió ampliamente ambas teorías, y aunque no se posicionó a favor de ninguna, sí reconoció que la imaginación humana tiene una fuerza sorprendente, y mucho más puede la imaginación de las mujeres, «por su vivacidad y por otras razones». Quizás lo que se escondía dentro de todos esos debates científicos era el terror ante la capacidad femenina de concebir y dar a luz, y un deseo de controlar los pensamientos maternos y mantener su pureza: «No den cabida a tales conceptos o pensamientos absurdos, sino que por todos los medios eviten ver u oír esos objetos horribles o espectáculos sucios», diría Luis Vives al respecto.

Durante todo mi embarazo temí que mi ansiedad por que todo saliera bien tuviera el efecto contrario, que mis temores y terrores dañaran a mis hijos para siempre. Ya cuando tratas de quedarte embarazada, y más si tienes problemas de fertilidad y te preocupas justamente por ello, todo el mundo te advierte de que cuanto más lo desees, cuanto más te inquietes, menos opciones tendrás de conseguirlo. Nadie parece darse cuenta de que ese consejo consigue justamente el efecto contrario al deseado. Me recuerdo hecha un manojo de nervios, pensando que no debía pensar que quería quedarme embarazada para quedarme embarazada, y metiéndome en un trabalenguas psicológico que apenas me dejaba pegar ojo.

Y ahí está ahora esa isla en el torso de David, quizás una marca imborrable de mis rumiaciones incontroladas, y de nuevo mi pensamiento amenaza a mis hijos: soy capaz de multiplicar esa isla solitaria, asfixiar a mi bebé con tanto territorio y privarle de ese mar en calma que fluye en su piel.

echado hacia atrás me doy cuenta de que nuestra carne es de exactamente el mismo color, de que hay una especie de continuo que no se rompe. El taxi traquetea por el asfalto como si anduviéramos en carruaje. David me agarra fuerte y junto a sus gemidos me parece oír los sollozos de una mujer que no soy yo. En el exterior se van sucediendo edificios grises, y en sus piedras creo ver los vestigios de una madre que llora. Recuerdo la majestuosa cúpula de Santa María del Fiore, la grandiosidad de la catedral de Notre Dame, la humildad y la armonía de las paredes de la basílica de Santa María del Mar y las campanas altísimas y milagrosas de la romana Santa María la Mayor. Su repique me lleva a las ermitas en valles escondidos con vírgenes al temple hieráticas, simétricas y ubicuas que sostienen al niño. A los tres sobres con noticias apocalípticas de la Virgen de Fátima. Al colgante de la Moreneta que llevaba mi abuela Montserrat siempre alrededor del cuello. A la Madonna del Prado, la de las Rocas, la de la Granada o la del Jilguero que se sucedían en forma de diapositiva en un aula de instituto. Al nombre de mi tía Angustias, a las legiones de Dolores, Soledades, Esperanzas, Inmaculadas y Encarnaciones que me he cruzado en la vida. Al rezo del Ángelus al amanecer, al Dios te salve María que repetía hasta cincuenta veces mi bisabuela vestida de luto estricto, a ese mármol blanco con el que Miguel Ángel esculpió la mayor desgracia para una madre. Iluminada por la luz refulgente que entra por una vidriera gótica con silueta femenina, pienso en los curados por la Virgen de Lourdes, los salvados por la de Guadalupe, en los bordados preciosos de la Virgen de la Macarena que había en la casa regional de Andalucía a la que acompañaba a mi madre de pequeña. Me deslumbra la luz que proviene de un largo manto lapislázuli, carmín y dorado pintado por los mayores maestros del arte y con el que la tres veces Virgen acoge a la humanidad. El suelo del taxi se llena de rosas, lirios y espinas, la luna se posa bajo mis pies, mi vestido se convierte en sol y doce estrellas coronan mi cabeza. David acaricia a esta Virgen de la Ternura que lo sostiene. Soy la Mater Dolorosa, sola y abnegada, destinada a vivir con resignación el sufrimiento de un hijo. He aceptado mi destino y, al bajar del taxi, esos dos cuerpos que son uno no consiguen dar sombra.

El fundamento histórico de María es asombrosamente frágil. Como a tantas madres, en un principio la historia le dio la espalda. En los Evangelios solo se habla de ella ocho veces, y su nombre aparece en cuatro míseras ocasiones. Marcos y Mateo la citan sin concederle apenas importancia; Juan menciona vagamente su presencia en Caná y el Calvario; Lucas se ocupa de ella solo en un fugaz pasaje, y Pablo la ignora profundamente. Pero en el siglo I emergió del olvido en los Evangelios apócrifos. El mito de María nacía para ser instrumento, espejo de un pueblo machacado por la guerra, la enfermedad y la muerte al que se quería sacrificado y abnegado como a ella.

Me dirijo con paso trémulo a la recepción y ante la pregunta «Qué le pasa a su hijo» contesto humildemente: «Tiene manchas». Y me siento a esperar. Mientras las uñas de David crecen, sus extremidades, sus dientes, sus genitales, el pelo y el vello, el rostro y el torso, yo espero, sentada, con los brazos en las rodillas. Pero no sé qué espero, porque no soy dueña de lo que está por venir, y eso me resulta insoportable.

Cuando entramos en la consulta, la pediatra me mira con sorpresa. No recuerda ese «y si», no entiende qué le digo de las manchas. Yo me aturullo al explicárselo, tartamudeo, suspiro, gesticulo con desespero. Ella parece más alarmada por mi comportamiento que por esas manchas que, frunciendo el ceño, me dice que va a examinar. Después de desvestir al niño y entregárselo, me quedo de pie junto a la camilla.

Estaba la Madre dolorosa
junto a la Cruz llorosa
en que pendía su Hijo.

No sabemos qué hizo María mientras su hijo era apresado, sentenciado y condenado. A ningún evangelista le pareció destacable contárnoslo, pero la tradición popular supone que lo observó durante horas cargar la cruz hacia el Calvario, recibir latigazos de los soldados romanos y ser colgado en la cruz, aún con vida. A su muerte, el alma de María, «quejumbrosa, apesadumbrada y gimiente», fue finalmente, como le dijo el profeta, atravesada por una espada. Todas esas *pietàs* en piedra, fresco, óleo o madera en las que la madre por antonomasia sostiene a su hijo muerto hablan de dolor, de pérdida, de ausencia, pero sobre todo hablan de soledad. Lo sé bien. Aquí de pie, dueña yo sola de las verdaderas razones que me han traído a esta consulta. Pero otras mujeres acompañaron a María en su lamento, su hermana, María de Cleofás, y la infame María Magdalena. Las busco con la mirada. Porque si les hubiéramos dado a ellas algo más de papel en esta historia, si sus manos sosteniendo el cuerpo de Jesús cubrieran junto a las de María los altares de nuestro mundo, quizás yo hoy aquí no me hallaría tan sola. Pero eso seguramente nos liberaría de la condena que la madre de Dios representa y de esa espada que desde hace veintiún siglos atraviesa el corazón de la feminidad de Occidente.

En la gran mayoría de representaciones de la *pietà*, la madre es más joven que el hijo. Porque la Virgen es tan pura que ni envejece, de hecho, como está libre de todo pecado, su carne no se corrompe y al morir puede subir con su cuerpo inmaculado y liviano hasta el Cielo. Yo, en cambio, después de vestir de nuevo a mi hijo y sentarme como me ha pedido la doctora, soy todo peso, derrumbada en esta silla, soy arrugas, ojeras, joroba. La doctora me dice que David está bien, que no tiene manchas más allá de la que ya había visto. Me mira con una mezcla de estupefacción y empatía y me pide que me tranquilice. Le doy las gracias y salgo de la consulta con el niño de nuevo en brazos. Al salir a la calle, noto el sabor de la hierba en mi boca y además de loca me siento ridícula.

El 10 de octubre de 1517, Leonardo da Vinci recibió en su última morada, el castillo francés de Clos-Lucé, al cardenal de Aragón y su séquito. Les mostró los cuadernos escritos a lo largo de su vida y tres pinturas que por su valor para el pintor se había llevado con él de Italia: un san Juan Bautista, la Gioconda y una Virgen y el niño con santa Ana.

Esta Virgen, que cuelga hoy en las transitadas galerías del Louvre, obsesionó a Leonardo los últimos veinte años de su vida. Tanto, que se han recuperado numerosos esbozos preparatorios y versiones de taller. La representación de Jesús con su madre y su abuela inquietaba de algún modo a Leonardo, había algo problemático en el retrato de estas tres figuras, y se obstinó en resolverlo hasta el final de sus días. Desafortunadamente, la obra quedó inconclusa.

Hasta el cuadro de Leonardo, la iconografía de estos tres personajes juntos mostraba una serie de patrones rígidos y anodinos, con imágenes sin vida yuxtapuestas en vertical u horizontal. Pero Leonardo no se conformaba con eso. Él quería mostrar la ternura de María con Jesús, la de Ana con María y la mirada compleja del hijo a la madre. Y en su pintura la horizontalidad y la verticalidad se tornaron en una pirámide que provoca un placer extraño. El niño juega con un cordero, símbolo aciago del sacrificio que está por venir, María lo agarra con afecto para que se olvide de este funesto juguete y cambie quizás su destino, y Ana sostiene a su hija en el regazo y mira a ambos con dulzura.

Pienso qué querría transmitir Leonardo con esta composición llena de aliento y esos riscos que a mí se me asemejan helados al fondo. Puede que Jesús le esté diciendo con los ojos a su madre que no se preocupe, que ha aceptado su destino, y que hay una serenidad posible ante los avatares, incluso los más cruentos, de la vida. O quizás le dice que la necesita, que es vulnerable, y que hay juegos peligrosos contra los que no es capaz de actuar solo. A su vez, Ana, con su gesto, le comunica a su hija que ella también la sostiene, que es su ancla cuando se inclina hacia su hijo para protegerlo.

La filósofa Adriana Cavarero vio en esa especie de continuo matrilineal que pintó Leonardo una serie potencialmente infinita de inclinaciones, y un desafío a la rectitud que se ha querido imponer en cada uno de nosotros. La rigidez pétrea de ese árbol, estático y vertical a un lado del cuadro, representa el ideal masculino incapaz de doblegarse, ni siquiera por amor. Ni a Cavarero ni a mí se nos escapa que esta reivindicación de la inclinación materna puede perpetuar el retrato de la madre abnegada, servicial, siempre dispuesta. Pero hay otra posibilidad, y es que esa inclinación no se base en el instinto ni en el sexo, sino en una decisión ética, y que esta decisión sea la elección del cuidado por encima de la herida, la de la paz por encima de la violencia. Entonces, incluso el árbol más firme o el risco más puntiagudo serían capaces de inclinarse en ese gesto que ocupó de forma obstinada los pensamientos de Leonardo hasta el día de su muerte.

Cuando le cuento a Jaime lo de las manchas y mi visita furtiva a la pediatra, lo que he hecho, me explica que estoy enfocando mis esfuerzos en la dirección errónea. Todas las comprobaciones que hago y la consulta médica están destinadas a eliminar la incertidumbre, pero en lo que debería centrarme es en abrazarla. Por muchas horas de esfuerzo que le dedique, por mucho sudor y sacrificio, vivir implica un riesgo. Y me cuenta la historia de esa mujer, pecosa como yo, de pelo negro como yo, de piel pálida y venosa, llena de miedos. Esa mujer vive obsesionada con que un asesino entre en medio de la noche y la degüelle. Al principio cualquier ruido la inquieta. El crujir del suelo al pie de la cama, los pasos del vecino insomne deambulando por el piso de arriba, el sonido de las viviendas colindantes que se filtra por las paredes de papel. Apenas pega ojo, porque tras esos ruidos se siente impelida a dirigirse a la puerta y comprobar con el ojo en la mirilla que no hay ningún homicida rondándola. Pero son tantas las veces que se levanta de madrugada para hacerlo, que apenas está ya en la cama. Por lo que un día decide que se quedará toda la noche ahí, con la pupila pegada a la mirilla, y eliminará de cuajo cualquier atisbo de duda. Pero en el fondo sabe que ni siquiera de esa forma estará completamente libre de una muerte violenta. El astuto psicópata siempre puede pensar una artimaña que le permita entrar por la terraza, o deslizarse con una cuerda por el patio de luces y penetrar por la ventana. Así que la mujer pasa la noche en vela, sin conseguir calmar su inquietud, y la falta de sueño la arrastra por el mundo durante el día como una zombi que ya hubiera sido degollada.

Yo soy esa degollada. «¿Por qué temes tanto al asesino cuando ya te has asesinado tú misma?».Y entonces, para quitarle un poco de gravedad a la cosa, me dice que cantemos. Se pone a improvisar una cancioncilla con aires flamencos: «Ay, la Mar, que todo no lo puede controlar, ay, la Marrrrr», se lamenta mientras va dando palmas. Dice que el humor es una muy buena herramienta en psicología y que a mí me falta mucho de eso. «Tanto Eurípides y tanta tragedia griega. Lo que tú necesitas es una buena rumba». Y ahí vamos los dos, con esa tonada que se acaba de inventar: «Ay, la Mar, que un día se va a morir y no lo podrá evitar, ay, la Marrrrr». Con lo sosa que soy, con mi poco oído y poco compás, Jaime ha conseguido que me arranque por bulerías y suelte una carcajada tras otra, acaricie brevemente mi insignificancia y la levedad que podría rodearme.

—Recuerda esta canción —me dice justo antes de que yo cruce la puerta—. Tú y tus hijos sois entes biológicos, sometidos a las leyes de la vida. La vida no es tu enemiga, porque no hay alternativa.

En mi siguiente viaje a Madrid voy tarareando en el tren la melodía que hemos creado, y recuerdo sus palabras sobre la realidad biológica de mi existencia y la de David y Sara. He ignorado mi materialidad durante toda mi vida, la he rechazado, y ahora esta se toma la revancha, y los cuerpos flotan a mi alrededor con persistencia hipnótica. Los de mis hijos, por supuesto, pero también los de todos aquellos que han sido castigados a lo largo de la historia por unas leyes que lejos de ser naturales son fruto de la crueldad más artificial. La política me pone miles de cuerpos en toda la cara: los que han perecido intentando llegar a una tierra que los cobijase, los que esperan años el derecho a ser cuidados, esos que se degradan mientras son un número en una lista de espera. Las madres siempre hemos tenido una relación especial con los cuerpos, porque ha sido en nosotras en quienes ha recaído el peso de custodiarlos: el ángel del hogar, precisamente porque tiene el mandato de cuidar de su hijo, aprende que para hacerlo bien debe romper los barrotes domésticos e irrumpe en el espacio público con la fuerza de ese supuesto instinto que le han incrustado por cada poro.

Me recuerdo de pequeña, viendo en ese televisor de pantalla abombada y espalda cheposa del salón cómo decenas de mujeres con un pañuelo blanco en la cabeza marchaban con una vela en la mano. Cuando le pregunté a mi padre quiénes eran me contestó que eran madres argentinas que buscaban a sus hijos.

En las décadas de 1970 y 1980, durante la guerra sucia de la junta militar, los escuadrones de la muerte hicieron desaparecer a miles de jóvenes por sus ideas políticas. Se estima que alrededor de treinta mil argentinos fueron secuestrados y asesinados, pero es difícil saber la cifra exacta, porque la mayoría de los cuerpos no se recuperaron nunca. Un grupo de madres, cuyos hijos habían desaparecido, empezaron a reunirse en la plaza donde se encuentra la residencia presidencial, la Plaza de Mayo, para exigir justicia. Con clavos de carpintero en las manos y ese velo blanco cubriendo su pelo, eran Madonnas a las que les habían robado el hijo. La Mater Dolorosa se encarnaba de nuevo en nuestro mundo, pero ni al clero ni al ejército pareció gustarles esa nueva versión: «Las Madres de la Plaza de Mayo pervierten el papel de la madre... No me puedo imaginar a la Virgen María gritando, protestando, esparciendo odio cuando su hijo, nuestro Dios, fue arrebatado de sus brazos», dijo un capitán. Un obispo fue aún más explícito al afirmar: «Las Madres de la Plaza de Mayo deben ser eliminadas».

Recuerdo bien las fotografías de sus hijos que esas madres llevaban colgadas, con caras visibles que hacían aún más evidente su ausencia. También marchaban con sus siluetas a tamaño natural. Es complicado imaginar que alguien pudiera asistir a esa visión de cuerpos que ya no están sin sentir un atisbo de compasión. Pero el poder dictatorial prefirió llamarlas locas, histéricas y terroristas emocionales. Ellos, que habían usado el miedo para justificar ante la sociedad argentina la violencia descarnada con la que ejercieron el poder, desacreditaban ahora el uso del sentimiento. No era la emoción en sí misma lo que censuraban, sino la que quedaba fuera del control del Estado, ese dolor y esa ira que las madres les escupieron a la cara.

Algunos años después de que mi padre me contara quiénes eran esas madres y qué supuso la dictadura argentina, la guerra de Irak me activaría, siempre junto a él, políticamente. De su mano salí a la calle a gritar ese «No a la guerra» que retumbó en cada esquina de nuestras ciudades, y la aciaga semana de los atentados yihadistas de Atocha nos dirigimos hasta la sede del partido en el gobierno, ese que nos abocó a esa guerra estéril, y nos sumamos a las concentraciones que pedían el fin de la manipulación y que nos dijeran quién había matado a esos 193 cuerpos atrapados en los trenes. En esos tiempos, otra madre desgraciadamente célebre, Cindy Sheehan, me haría pensar en las Madres de Mayo. Ella paseó por Estados Unidos su pacifismo y la foto de su hijo Casey, que murió en los primeros días de la guerra de Irak. Durante meses permaneció impertérrita frente a la Casa Blanca, siempre con el retrato de Casey colgado al cuello para que todo el mundo lo viera. En una ocasión le dijo a un periodista: «A menudo me presentan como a una madre que perdió a su hijo en Irak. No perdí a Casey. Sé exactamente dónde está. Está en una tumba en Vacaville, y sé quién lo puso allí: George Bush».

Estas palabras nos llevan de sopetón a ese valle de cuerpos muertos y de ceniza que es la guerra, a los huesos sin tendones y la lana esquilada, y a todo lo corpóreo y político que hay en la maternidad. Sheehan practicó un activismo encarnado, ese que rechaza el racionalismo abstracto y grita cómo la política afecta a todos los hijos.

Al principio la opinión pública abrazó a Sheehan como una madre afligida. Poco a poco se la empezó a criticar y a tachar de loca, de radical. En su lucha por la paz, Sheehan transgredió el límite del tiempo supuestamente racional del duelo y el papel privado de una madre. Sheehan ya había llorado suficiente en público y debía volver a casa a cuidar a sus otros hijos y a su marido. En el siglo I, Séneca escribió a su madre el texto *De Consolatione ad Helviam Matrem*, en el que trata de consolarla por su propio destierro a Córcega. Y las órdenes que hay en ese consuelo son claras:

«No has de tomar ejemplo de algunas mujeres cuya tristeza, una vez nacida, no termina hasta la muerte; algunas has conocido que, después de la pérdida de sus hijos, no abandonaron ya el luto: pero una vida que se ha distinguido desde el principio con tanto valor, exige más de ti. […] Necesario es que muestres valor, sustraigas tu ánimo al dolor y obres de modo que nadie te suponga arrepentida de tu maternidad».

Séneca y parte de la opinión pública estadounidense del siglo XXI venían a decir lo mismo: sigue con tu labor de hacer crecer los huesos de los vivos, olvídate de una vez de los de los muertos, pero resígnate a que un día alguien decida machacar los que ahora cuidas. En eso consiste la maternidad.

Las cosas nunca han sido muy distintas a este lado del continente. El discurso de no abrir heridas, de individualizar el dolor a cambio de una supuesta paz social recorre los debates políticos desde el fin de nuestra propia dictadura. Un día, en mitad de un pleno del Congreso, empiezan a llover papeles. Son octavillas que ha lanzado una mujer de avanzada edad que ahora se asoma por la barandilla de tribuna. Los bedeles se aprestan a desalojarla. Me hago con uno de esos papeles. Es una fotocopia de un texto escrito a mano en el que denuncia que su padre, fusilado en la Guerra Civil, permanece en alguna cuneta, y que el incumplimiento de la Ley de Memoria Histórica no le permite darle la sepultura que merece, llevarle flores, ponerle lugar al dolor.

Un grupo de diputados salimos del hemiciclo a encontrarla, por la parte trasera, por donde la han echado. Lleva un bastón y apenas se sostiene en pie. «No quiero morir sin enterrar a mi padre —nos dice—. Y ya me queda poco». Recuerdo entonces las palabras que pronunció el que es en ese momento el secretario general del partido conservador: «Los de izquierdas son unos carcas, siempre con la fosa de no sé quién». Y pienso que no tendría el valor, nadie lo tendría, de decirle frente a frente a esta señora, encorvada por el paso de los años, que no tiene derecho al cuerpo de su padre, al verdor de un cementerio.

114.226. Esta es la cifra de desaparecidos en España por la violencia golpista. Muchas de estas familias siguen buscando, como la señora del bastón, a sus familiares. Mientras escribo esto, casi seis años después de los hechos que narro, una nueva Ley de Memoria Histórica acaba de ser aprobada. Y en su debate he escuchado de nuevo la vieja consigna, la de no reabrir heridas. Y esta vez es la ultraderecha la que se une al partido conservador para imponer qué heridas hay que olvidar y de quién es potestad abrirlas o cerrarlas.

En la tragedia *Las suplicantes*, Eurípides, en su obstinada voluntad de dar voz a las madres, creó un coro compuesto solo por ellas. Son madres que acaban de perder a sus hijos, soldados argivos que han caído en la guerra contra Tebas y a los que ni siquiera han podido dar sepultura, porque el rey tebano se ha quedado sus cuerpos como botín de guerra. Destrozadas, estas madres se dirigen a Atenas y le piden a su rey, Teseo, que recupere los cadáveres de sus hijos. Alentado por su propia madre, Teseo accede y consigue rescatarlos. Cuando regresa con los cuerpos, él mismo ayuda a las dolientes madres a lavarlos y prepararlos para el entierro. Con este gesto, un rey se pone al nivel de las madres, se convierte en una más de ellas y comparte su duelo. En la Grecia antigua no era normal que un hombre se expusiera públicamente de esta forma a las crudas rutinas del dolor, y mucho menos que lo hiciera el máximo representante del poder, que debía gobernar con mano de hierro. En una de las escenas finales, un mensajero da cuenta al rey de la vencida Argos del comportamiento de Teseo, y el rey exclama: «Terrible carga y vergonzosa». Pero el mensajero le responde: «¿Y qué vergüenza comportan para los hombres las desgracias mutuas?».

¿Serían capaces todos esos locuaces portavoces que siguen defendiendo que miles de cuerpos yazcan en las cunetas de arrodillarse junto a la mujer del bastón, de ayudarle a limpiar el cuerpo de su padre, a darle sepultura y a cubrir su tumba con la justicia del recuerdo? ¿Podrían, igual que Teseo, convertirse en sus madres?

No olvido las manchas de mi hijo. Durante los días que estoy en la capital consigo zafarme de ellas por momentos, pero en el tren de vuelta regresan con fuerzas redobladas. Cuanto más trato de olvidarlas, más y más crecen como hongos que forman extraños patrones. Hasta que me doy por vencida, y esos hongos penetran dentro de mí hasta los mismísimos pulmones. De nada sirven mis esfuerzos y los consejos populares, todos esos «Trata de pensar en otra cosa, no te obsesiones». Mi mente está en guerra consigo misma.

Hace unos años, en una universidad escocesa se llevó a cabo un experimento para evaluar nuestra capacidad para suprimir pensamientos. Un grupo de voluntarios tuvo que memorizar cuarenta y ocho pares de palabras. A las pocas horas, se les mostraba la primera palabra y ellos tenían que recordar la palabra asociada; luego se les pedía que hicieran lo contrario, que evitaran que esa palabra entrara en su pensamiento consciente. Las imágenes del escáner demostraron que había mayor actividad cerebral cuando trataban de evitar la palabra que de recuperarla. Es más fácil recordar que olvidar; mucho más sencillo llevar tu pesadilla al centro de la mente que a un rincón abandonado.

En más de una ocasión, cuando llego al meridiano del viaje a Barcelona, a ese desolado desierto, no soporto más y me abalanzo a coger el teléfono. Un día no tan remoto ese erial era un valle fecundo, lleno de arroyos y fuentes de agua. Pero hoy su dureza me recuerda a la de mi mente. No es lugar para humanos, sino para chacales y basiliscos. Las viñas y las higueras fueron arrasadas, los riscos se desmoronaron, no hay pozos ni rastro de agua. Solo quedan piedras y abrojos que se suceden en la ventanilla del tren al ritmo de mi respiración acelerada. Una respiración que se entrecorta cuando responden al otro lado y pido de nuevo cita con la doctora. Y siempre a la misma pregunta, «Qué le pasa al niño», contesto: «Tiene manchas».

He ido ya en tres ocasiones a visitar a esa pediatra en soledad con David. Y siempre se ha repetido la misma escena. Esa Madonna de escuálida existencia, que *languidece y se duele*, cubierta de lana, que come las palabras de la doctora como si fueran maná del cielo, pero que a las pocas horas vuelve a estar hambrienta, porque no es posible saciarse ante la incertidumbre del mundo.

Jaime me explica que hay varios tipos de comprobaciones que realizamos las personas con comportamientos obsesivos, y todas son una trampa. Pero yo me he aficionado a una de las más peligrosas, las comprobaciones ocultas, esas que no compartes con nadie, porque eres consciente de la mirada reprobatoria que te lanzarían, porque sabes que serán una medalla más en tu competición por el máximo galardón de la demencia. Y las mezclo con las comprobaciones vacías, esas que no tienen ningún valor racional, porque son preguntas que carecen de respuesta —qué me pasará mañana, qué te pasará a ti, qué le pasará al mundo— o se realizan a personas que no tienen más conocimiento o información que tú. Mi madre suele ser el blanco de estas comprobaciones, y pobre de ella que me conteste ese «No soy médico» con el que ha amagado a veces, agotada después de repetirle el mismo interrogatorio al que someto al personal sanitario. Podría preguntarle sobre mecánica cuántica a esta administrativa jubilada que estaría igualmente obligada a dar con la respuesta exacta.

Cuando no puedo más con ese peso, le confieso a mi madre que he estado llevando al niño a la doctora a escondidas y le pido que me acompañe a una última visita. No soy capaz de procesar la información, a cada frase le doy la vuelta en un bucle infinito, enervo a la doctora, no hay consuelo y no consigo salir de ese agujero negro que se come toda la materia.

Quedamos directamente en la consulta. Ella ha ido a recoger al niño a casa, ya que yo llego directamente desde Madrid. Me espera en la puerta del centro médico y, a lo lejos, iluminadas por el arrebol del horizonte, distingo en las mejillas de David formas, colores inusitados, esas islas que crecen de nuevo. Los síntomas de mi ansiedad han ido evolucionando, y desde hace poco, ante cualquier signo de alarma, antes de que las palpitaciones se me aceleren, me arda la cabeza y me convierta en un andrajo tembloroso, son los dientes los que revelan su presencia. Noto que se debilitan, que van a caer de forma inminente: los incisivos, los colmillos, las muelas. No he encontrado explicación científica a esta sensación tan real y tenebrosa. Pensé en una posible aceleración de los ritmos circulatorios, o todo lo contrario; o quizás se tratara de un aumento de la temperatura en la cavidad bucal. Los médicos consultados fruncieron el ceño, por lo que tuve que encontrar razones de otro tipo: para qué quiero dientes si el desastre es inminente, quién quiere comer a las puertas de la desgracia. Mis dientes son sabios, y reaccionan con contundencia a la contundencia del mundo. Los molinos dejan de moler. Pero los dientes no caen. Como una garrapata me agarro a la vida.

Mi madre me calma y ante la cercanía del niño y mi aprensión a provocarle heridas en el inconsciente, me voy sosegando. Finalmente entramos en la consulta. Me siento en una butaca medio desfondada, vencida como yo, y dejo que sea mi madre quien hable con la doctora. Y esta le repite lo que ya me ha dicho en las anteriores ocasiones ante la insistencia de mi pregunta, que David no tiene nada, que no puede asegurar que en el futuro no lo tenga, pero que ahora no tiene nada. «No tengo una bola de cristal, pero el niño ahora está bien».

Ante el lamentable espectáculo en que me he convertido, mi madre trata de justificarme:

—Aquí donde la ve, mi hija es diputada, lo que pasa es que está preocupada. Los niños fueron prematuros.

Yo clavo mi codo afilado en su costado, ella baja la cabeza y calla.

La doctora se dirige a mí por primera vez en toda la tarde:

—No tienes que llegar a todo, no tienes que controlarlo todo, no existe la perfección. No hace falta que vuelvas, puedes estar tranquila.

No volveré a visitar a la doctora para hablarle de las islas de David. Me he sentido tentada en ocasiones, pero cuando estoy a la altura del desierto, a punto de coger el teléfono, recuerdo sus últimas palabras.

Cada vez paso más días en Madrid y me siento inmensamente sola. Las dimensiones de la ciudad me abruman. No consigo orientarme sin un mar de referencia. No tengo algo que pueda llamar hogar y voy de hotel en hotel, donde la asepsia de las habitaciones se me clava en la carne como un aguijón. No me siento con fuerzas de socializar con mis nuevos compañeros del Congreso, y tampoco las llamadas de viejos amigos que ahora residen en la capital me impulsan a la calle. Temo que la gente pueda ver en el dibujo de mis venas la obsesión que corre por dentro. Madrid es una ciudad que bulle de actividades comunitarias y decido buscar en ellas algo del solaz que no encuentro en ningún lado. En un centro social ocupado cercano al Congreso, que desafortunadamente ya ha perecido bajo el peso de la especulación inmobiliaria, me sumo a uno de los grupos de apoyo mutuo de personas con sufrimiento psíquico que se reúnen cada semana. Formado por diez mujeres con diagnóstico psiquiátrico, nos encontramos en una sala con muebles rescatados de la calle, y durante dos horas tratamos de rescatarnos nosotras también las unas a las otras. Hablamos, sellamos pactos de cuidados y solidaridad. Y nos deshacemos del pudor de la locura bajo este descascarillado techo.

Decía el naturalista y pensador anarquista Piotr Kropotkin que, en oposición a lo que sostienen interpretaciones demasiado estrechas de las teorías darwinianas, la evolución de las especies no solo se explica por la lucha mutua, sino también por una ley de ayuda mutua. Esta ley se basa en un instinto de sociabilidad que se habría desarrollado lentamente y nos habría enseñado que ayudarnos los unos a los otros nos hace más fuertes: nos protege mejor de la fiereza de nuestros enemigos, nos ayuda a conseguir el sustento vital, aumenta nuestra longevidad y nos hace más perspicaces. Y para probarlo puso el ejemplo de las hormigas: si dos hormigas de un mismo hormiguero o colonia se cruzan y una está hambrienta, le pide alimento a la otra, que siempre satisface sus demandas: abre la boca y expulsa sustancias de su estómago para nutrir a su compañera. Esta es una acción tan común para su supervivencia, que sus órganos digestivos se componen de dos partes: la posterior está hecha para la supervivencia y se dedica a la digestión del alimento para la propia hormiga, la anterior para la generosidad y compartir el alimento. Esta solidaridad explicaría su elevado desarrollo mental, que les permite construir infraestructuras tan complejas como ciudades llenas de rascacielos, y que no se hayan extinguido pese a ser en teoría seres débiles y enclenques: sin caparazón y con un aguijón que usado de forma solitaria es la cosa más vana. Pero Kropotkin sostiene que, juntas, las hormigas son capaces de infundir un terror bestial en insectos mucho más grandes que ellas, como los grillos, las arañas o los escarabajos, que huirían despavoridos al verlas llegar en congregación.

Me gustaría pensar que así somos nosotras, aquí reunidas, en este edificio de cristales rotos frente a una estufa de butano que es incapaz de darnos un soplo de calor. Pero no nos importa. Al salir de las reuniones del grupo nos sentimos más fuertes. Después de ejercer la escucha y recibir la de ellas, en ocasiones me creo tan grande que juraría que podría dar una zancada y poner un pie en el Mediterráneo y otro en el Manzanares.

Cada una de estas mujeres me resulta inspiradora, pese a que si no fuera por nuestra locura nuestros orígenes diversos muy probablemente nunca nos habrían unido. Escucho embobada a Sara, una poeta berciana de talento asombroso que vive en una injusta precariedad que la hunde aún más en sus dolencias psíquicas. «Mi diagnóstico tiene el mismo tamaño que un tragaluz», leo en una de sus poesías. Sara consigue escribir, a pesar de medicaciones capaces de sumirte en un letargo eterno, a pesar de esa locura que le pisa los talones. Tengo envidia de Sara, de su habilidad para impactar con sus palabras, del testigo que dejará de su sufrimiento. Y ella no lo sabe. Arrastra la autoestima por los suelos. Elisa, una estudiante solidaria y lista hasta límites extraordinarios, nos cuenta que trata de aliviar su ansiedad pintando uñas en sus ratos libres. Me propone pintarme las mías, que lucen pálidas y sosas. Dice que bajo una lámpara mágica que tiene es capaz de convertirlas en metales preciosos.

En el Congreso todo es distinto. Aunque los cimientos son mucho más firmes que los del centro social ocupado, hay unos vapores opresivos en el ambiente que podrían provocar el hundimiento de esas robustas chimeneas y el estallido de todas las ventanas. Pese a que voy forjando algunas amistades, la desconfianza sobrevuela sobre el grupo parlamentario. Hay algo de locura en querer ejercer la política desde la vocación. Los psiquiatras quizás dirían que en mi entrada en política hubo algo de delirio de omnipotencia: pensé que con mis acciones podría cambiar el mundo, que podría vencer a las fuerzas económicas y morales que iban a tratar de impedírmelo. Pero también hay algo de locura en la capacidad de permanecer en política, indemne a las dinámicas de partido que pueden hacerte trizas en un parpadeo. Un poco como una hoja de hierba, tienes que estar dispuesta a permanecer imperturbable ante los altibajos de la sequía y la lluvia, a que tan pronto te sienten a la diestra de los cielos como te arranquen de cuajo y te dejen sin raíz. No me desenvuelvo bien en esos lares: carezco de estrategia y de familias que me protejan. Entiendo que la política implica, además de señalar el error ajeno, admitir el propio, y no puedo negar que yo y los que me rodean cometemos unos cuantos. Y eso me hace inmensamente débil en un reino en el que la debilidad, lejos de una oportunidad, se considera el mayor de los pecados.

Por eso las sesiones con el grupo de ayuda mutua son una especie de festival en el que puedo hacer alarde de toda mi fragilidad. Cuando soy débil, soy fuerte. Hago de este lema la aguja de mi brújula, y trato de convencer a las mujeres que me rodean. Pero el testigo de algunas de ellas desmiente mis palabras. Parte de nosotras hemos sido diagnosticadas de los llamados trastornos mentales leves, como depresión o ansiedad, pero otras tienen la losa de la etiqueta de la esquizofrenia o la bipolaridad, una rémora que no las suelta jamás y que las ha llevado a ser ingresadas en contra de su voluntad. Una mujer en la cincuentena nos cuenta cómo la dejaron gritando atada a una camilla una noche entera, cómo se orinó encima, presa del pánico, cómo se deshacía en gritos que se juntaban en el pasillo a los que salían de otras habitaciones. Sus relatos me llevan hasta el Bedlam de mis lecturas, hasta mujeres victorianas con camisa de fuerza y el pelo rasurado vagando por salas inhóspitas. Por asombroso que parezca, en nuestro país, en nuestro tiempo, su espíritu y el de sus torturadores sigue presente en algunos pabellones psiquiátricos.

El psiquiatra Franco Basaglia consiguió sentar los cimientos de una revolución en Italia en la década de 1970 que quería poner fin a esos manicomios. Era un hombre apuesto, de pelo abundante. Esa mata canosa, una sonrisa medio extraviada y el constante despliegue de una suficiencia intelectual ligada a su altruismo hacen que me recuerde a mi padre. La vida de Basaglia es novelesca, como los relatos de los locos a los que trataba. Con veintidós años fue encarcelado por su militancia contra el fascismo. De la prisión recordará siempre «un olor terrible, un olor a muerte» que volvió a sentir la primera vez que pisó un manicomio. Consiguió salir en libertad gracias a un certificado falso que le hizo un médico amigo en el que aseguraba que sufría un tumor cerebral. En una macabra coincidencia, sería precisamente eso, un cáncer en el cerebro, lo que le arrebataría la vida con solo cincuenta y seis años.

Basaglia empieza su carrera en el psiquiátrico de Gorizia, en la frontera con Eslovenia, una institución perdida en la nada, con seiscientas miserables almas que vagan por salas de muros desnudos y humedad malsana. Pero pronto psiquiatras venidos de todas partes, periodistas, activistas y artistas se acercarán a ese rincón del mundo. Porque Basaglia está decidido a empezar allí la destrucción del manicomio, y el cambio de paradigma desde una psiquiatría represiva hasta una terapéutica. Y todo empieza con un «No». Se niega a atar a sus pacientes, y cuando le piden que firme en el registro de ataduras contesta con un contundente «E mi no firmo», en dialecto veneciano. Y el infierno empieza a desaparecer: elimina las rejas, abre las puertas y crea una comunidad basada en el trato humano, que entiende la medicación como una herramienta en la liberación del paciente y no como otro nudo.

Años después asumirá las riendas del psiquiátrico de Trieste y dará la vuelta al mundo sin moverse de la ciudad gracias a experiencias que sacan la locura de esas insoportables fronteras. Como cuando los pacientes construyen un caballo azul al que llaman Marco Cavallo y con el que cruzan los muros triestinos para, en una especie de caballo de Troya, llevar la irracionalidad fuera del manicomio y hacerla penetrar en el reino de la razón. O cuando en agosto de 1975 embarca a un centenar de pacientes en un avión para realizar un viaje sobre el cielo de Venecia, en una época en la que la mayoría de la población no había volado jamás. Es una forma más de hacer salir a los locos del manicomio, si bien esta los lleva hasta los cielos. El director Silvano Agosti filma la experiencia en un documental titulado *Il volo*, donde al principio se ve a los pacientes aletargados, fumando compulsivamente y esperando a que pase algo. El piloto del vuelo llega al manicomio y los internos lo someten a un festivo interrogatorio. Una mujer le pregunta si podrá mirar por la ventana. Cuando el hombre le contesta que sí, se sorprende de ese derecho sobrevenido a ver el paraíso.

En 1977, Basaglia consigue cerrar el manicomio de Trieste para siempre. En una de sus paredes alguien escribe: «La libertà è terapeutica».

Junto a Basaglia trabajó otro célebre psiquiatra italiano, Giorgio Antonucci, con quien coincidió en el manicomio de Gorizia. De Basaglia, Antonucci sacó las ansias de revolución y esa confianza en la condición humana que lo llevó a articular él también el no y negarse a atar a sus pacientes. A él tengo que agradecerle que me presentara al monstruo de Imola y dejara testimonio de su existencia.

En 1973, años después de trabajar en Gorizia, Antonucci se trasladó al psiquiátrico de Imola, cercano a la ciudad de Boloña. Allí se hizo cargo del temido pabellón Osservanza, donde se encontraban las mujeres consideradas «agitadas esquizofrénicas irrecuperables». Antes de su llegada, el pabellón estaba cerrado a cal y canto. Las paredes de las habitaciones tenían las marcas de las uñas que habían dejado las mujeres que intentaban en vano huir. Como la que albergaba a Teresa B., postrada en la cama con una camisa de fuerza, correas de contención en piernas y muñecas y una especie de bozal. Parecía una momia. En el manicomio se la consideraba tan peligrosa que ya nadie la conocía por su nombre, sino como «el monstruo de Imola».

Teresa B. fue internada en ese pabellón cuando tenía veintiún años, justo después de dar a luz a su hija. Según Antonucci, era un ama de casa que trabajaba también en el campo y que durante el puerperio no conseguía rendir en sus jornadas laborales como antes, lo que la torturaba y la alteraba sobremanera. Su familia llamó al médico y este la mandó sin vacilar directa al manicomio, donde la trataron con electro-shocks. Treinta y tres años después, no había puesto los pies en la calle ni un solo día.

Antonucci se propuso liberar a estas pacientes de sus cade-nas. Con Teresa lo hizo poco a poco, primero una mano, al cabo de un tiempo otra. La propia Teresa había naturalizado tanto que era una amenaza, que no quería ser desatada. An-tonucci consiguió que tuviera confianza en sí misma. Incluso le quitó el bozal, y logró que dejara de escupir a su alrededor como hacía antes. Su boca sin dientes, que perdió durante las sesiones de electroshock y la alimentación por sonda, empezó a mostrar una sonrisa incipiente.

Su historial previo a la llegada de Antonucci se asemeja al de las mujeres victorianas internadas bajo el diagnóstico de «locura puerperal». Llega al hospital trastornada y desorienta-da, temerosa. Al día siguiente, se queda sentada en la cama con una apariencia indiferente y mira hacia la puerta como si estuviera esperando la llegada de alguien. Responde de ma-nera incoherente a las preguntas y ante el recuerdo de su hija no muestra emoción alguna.

Igual que Emma Riches, rasga continuamente la ropa. En casi cada entrada se repite la palabra «laceratrice», que hace referencia a esta tendencia, por la que deciden mantenerla atada la mayor parte del tiempo. Un día afirma entre risas «He rasgado solo un vestido»; otro, «Qué le voy a hacer, tras rom-per la ropa me siento bien». El historial de Teresa es un decá-logo de defectos: «impulsiva», «necia», «sucia», «desorientada», «inquieta», «disociada», «desconectada», «incoherente», «de son-risa pueril». Se la tacha de infantil y se la acusa de tener una «actitud propia de Alicia en el País de las Maravillas».

Al acabar de leer la parte del historial que ya firmó Anto-nucci, donde se relata su mejoría progresiva, descubro con tristeza que Teresa no consiguió abandonar nunca el manico-mio. A diferencia de otras pacientes, que regresaron a su casa después del modelo terapéutico impulsado por el psiquiatra, ella permaneció voluntariamente en Imola. Pero salía y entraba cuando quería, paseaba por el pueblo, se mostraba feliz cuando recibía alguna visita. Su hija prácticamente no acudía a verla.

En 1978, la escritora italiana Dacia Maraini entrevistó a Giorgio Antonucci en Imola. Después escribiría un texto en el que relata su asistencia a uno de los bailes que se organizaban precisamente en el pabellón que antes albergaba a las pacientes agitadas. En un momento dado, una mujer la invita a bailar. ¿Podría tratarse de Teresa B.? Maraini escribe: «Es baja, robusta, el pelo negro e híspido le rodea el rostro de rasgos marcados. Le faltan los dientes frontales, como a muchas otras; tiene ojos brillantes, una expresión de hilaridad obstinada que la hacen infantil a pesar de sus años».

No hay forma de averiguarlo. Maraini no da en ningún momento su nombre, pero su descripción y las palabras que escribe luego me hacen pensar que sí, que es ella.

«Bailamos como dos osos, en un abrazo torpe y pesado. Más tarde me enteraría de que esta mujer estuvo atada durante años, y cuando el pabellón estaba cerrado no conseguía hablar, comer sola, escupía a cualquiera que se le acercara, rechazaba la ropa y los zapatos. Ahora baila, habla, come, camina como una persona cualquiera.

»Nadie había pensado en muchos años que precisamente en el acto de escupir se encontraba el signo de su integridad: en vez de convertirse en un vegetal como querían los médicos, se obstinaba en protestar, de la única manera todavía posible, contra la reclusión. Sometida a electroshocks (recibió más de cincuenta), atiborrada de psicofármacos, atada de pies y manos con una mordaza en la boca, era objetivamente una "idiota". Ahora ha vuelto a ser una persona inteligente».

Estoy segura, esa mujer era Teresa B., y las dos, ella y Dacia Maraini, bailando al son de Mozart, entran directas a mi hormiguero, y las imagino a menudo. Junto a Emma, Virginia, Sylvia, Eliza. Y siguen llegando. Por desgracia o por fortuna, parece que nunca dejarán de hacerlo. Hay toda una fila que viene de camino y millones de larvas.

Yo también bailo en casa, con mis hijos. Cuando miro atrás en el tiempo, a esos primeros meses de madre, pienso que a pesar de mi angustia fui capaz de transmitirles algo de ternura. Hay ciertos momentos de intimidad en que el miedo, si no desaparece, se atenúa, y suele suceder cuando los acuno para que duerman. El salón de mi casa alberga una cocina abierta, compuesta por una larga barra de granito en el centro. Por las noches, cuando cualquiera de los dos se desvela, camino alrededor de ella con el bebé en brazos y entono una melodía que los meza.

Una pregunta recurrente en la consulta de los psiquiatras y psicólogos es en qué momento del día te sientes peor. Desconozco el objetivo o lo que implica la respuesta, pero siempre he contestado sin un atisbo de vacilación: por la mañana, justo al despertar. Es la primera luz del sol la que descubre las esperanzas destrozadas y los desastres que permanecían ocultos en la noche. Es el amanecer el que ilumina el humo que asciende de la ciudad destruida.

Cuando estoy en Barcelona, paso gran parte de la noche dando el pecho o el biberón, cambiando pañales, haciendo dormir a David y Sara, que se despiertan constantemente, y no puedo descansar más de tres horas seguidas. Mis médicos consideran que es esencial que consiga lo que ellos llaman un sueño reparador para poder mitigar la ansiedad. Por ello, por las mañanas, acuden a casa mi madre o mi suegra, o es Tomás quien se despierta y cuida esas primeras horas a los niños. La vida ya bulle en el salón cuando yo empiezo a abrir los ojos. En ese instante me llega invariablemente la melodía que emite una tortuga de peluche que nos regalaron cuando nacieron David y Sara. Dotada de un altavoz, al pulsar sobre ella se accionan diferentes melodías infantiles, todas ellas sosegadas pero pegadizas y alegres. Sin embargo, para mí son el sonido de una película de terror. Porque ese es el momento en el que el pánico se apodera de mí, en el que tengo que armarme de valor y enfrentarme a la salud de mis hijos, comprobar que no hay ninguna señal de alarma: que no hay manchas, que no me quemo al besar su frente, que no hay sibilancias en sus pequeños pulmones. Como esa mujer que con el sonido ascendente de dos notas de piano discordantes se decide a abrir la puerta del armario para comprobar si dentro hay un asesino descuartizador, o ese niño que mira tembloroso debajo de la cama en plena noche para descubrir si hay un monstruo al acecho, yo me levanto de la cama y saludo a mis hijos con una mezcla de amor y congoja. Esa es la rutina diaria, y la música de la tortuga su banda sonora. Conservo ese peluche. Le he cambiado las pilas recientemente, seis años después y cuando mis hijos ya empiezan a preferir el trap a las canciones infantiles. Porque a veces presiono el caparazón de la tortuga y entonces me viene una bocanada de recuerdos, y la inmensa culpa y reproche que arrastro. Por haber sido capaz de ver en esas armoniosas melodías el sonido espeluznante de la destrucción. Entonces mi mente declama discursos de perdón, de mil perdones, a David y Sara. Y recuerdo a Emma Riches, cómo caminaba de un lado a otro de su habitación en Bedlam, abatida y lamentándose de haber cometido alguna ofensa atroz por la que nunca obtendría el perdón. Y sigo escuchando la música de la tortuga. Pienso que, si de alguna forma consigo reconciliarme con ella, ser capaz de ver su inocencia primigenia y no la oscuridad de la que yo la teñí, quizás empezaré a merecer ese perdón.

Por las noches, cuando mezo a los niños para que duerman, todo es distinto. Entono canciones a pesar de tener una voz y un oído absolutamente inadecuados. Tomás se ríe de cómo desafino, pero yo no renuncio a cantarles a mis hijos. Entonces el Apocalipsis cae rendido ante mis gallos y júbilo repentino y las colinas y los valles reviven conmigo en cánticos. Duerme duerme negrito, les canto, que tu mamá está en el campo, negrito. Les hablo del lobito bueno al que maltrataban todos los corderos, y soñamos juntos un mundo al revés. Les cuento mentiras, como que por el mar corren las liebres y por el monte las sardinas. Les explico, con las cinco vocales que están empezando a pronunciar, que la mar estaba salada. Les prometo *panses i figues i nous i olives, panses i figues i mel i mató*. Y mi padre, mi madre, mis abuelas y todas las canciones que entonaban, nos acompañan en esos paseos circulares alrededor de la cocina.

Si elegí que el grupo de apoyo mutuo estuviera integrado únicamente por mujeres, es porque creo que hay algo que nos une en nuestra relación con la locura. En el Museo de Arqueología de Madrid, una trágica crátera muestra la locura de Heracles, que lo lleva a arrojar a su hijo a la pira. Desde un rincón de la cerámica, la diosa Manía, personificación de la locura y culpable del asesino delirio del héroe, lo mira sin asombro. Hoy la diosa se cuela en las consultas de los psiquiatras, donde somos mayoritariamente las mujeres las que nos tumbamos en el diván. De cada diez pastillas psiquiátricas que se recetan, ocho son para nosotras. Incluso la OMS demuestra con cifras aplastantes esta asimetría entre sexos. Si preguntamos a los médicos y no a las deidades griegas, dirán que vivimos factores de riesgo que nos inclinan a la demencia y a la pena: violencia de género y abusos sexuales, miseria y precariedad, jornadas infinitas. Si preguntamos a las mujeres que van a sus consultas, añadirán también que, por su experiencia, todo en nosotras es susceptible de leerse como locura.

Cuando entré en el Congreso, tomé una decisión: en todas mis intervenciones hablaría de dos cosas, mujeres y libros. Porque género y literatura son tan transversales a todo lo que hago, y a lo que respiro, que no puedo sustraerme a ese imperativo. Un día debatimos una proposición no de ley acerca de salud mental, y me toca a mí fijar la posición de mi grupo en el pleno. Y ese día más que nunca sigo ese precepto, y saco porcentajes de mujeres castigadas con la locura, y versos de las que tuvieron la oportunidad de dejar constancia. Cuando acabo mi discurso, un diputado de impecable traje y corbata me afea mi voluntad de meter el feminismo en todo. «Esa manía tuya», me dice. Trato de argumentarle con retazos de historia médica y sociológica, con estadísticas de procedencias tan diversas como el Ministerio de Sanidad o la American Psychiatric Association. Pero el señor niega con la cabeza con una sonrisa arrogante con la que quiere aplastarme. Fantaseo con la idea de atar a su cuerpo los miles de páginas de locas que he leído, sus vivencias y denuncias, sus esperanzas y trágicos finales. Fantaseo con la imagen de su soberbia hundiéndose bajo todo ese peso mientras el cuerpo de Ofelia emerge del agua y vuelve a la vida.

«Una lección sobre la locura». Eso es Ofelia, según su hermano Laertes y la cultura occidental, que la ha representado, idolatrado e idealizado hasta la saciedad. En contraste con la angustia metafísica de Hamlet, la locura de Ofelia es la esencia de la femineidad: vestida de blanco, el pelo suelto y salvaje, adornada con guirnaldas de flores silvestres que la acercan a la cambiante naturaleza. Su muerte en el agua es tan fluida como esos líquidos que rodean nuestra existencia: la leche, la sangre, las lágrimas.

Para entender que Ofelia ha enloquecido, Shakespeare nos manda una señal inequívoca: esa mujer, antes tan casta, aparece en escena entonando canciones obscenas que hacen sonrojar al público isabelino. Siglos después, en la Inglaterra victoriana, la muestra de una sexualidad explícita levantaría también todas las alarmas en los muros de los psiquiátricos. No fueron pocas las internas acusadas de masturbación y a las que se imponía una vigilancia constante. La señora Wilson, «un caso de manía de lactancia bien marcado», ingresada en el Royal Edinburgh Asylum, se precipitaba sobre el doctor o cualquier otro hombre que entrara en su habitación y le rogaba que se metiera en la cama con ella: «Dice que lo único que necesita es un hombre y que si lo consigue estará bien». Para evitar que dieran rienda suelta a su lascivia, a las pacientes como la señora Wilson les ponían guantes de cuero y chaquetas ajustadas, conocidas como polkas. Y se abrió un intenso debate: los médicos querían saber si esas manifestaciones obscenas eran el resultado patológico de una alteración orgánica o la revelación de una salacidad natural de las mujeres que, mantenida bajo control en la rutina diaria, se desbordaba cuando la locura eliminaba todos los frenos.

Para mí, en cambio, desde que nacieron mis hijos, el sexo ha desaparecido. Porque temo tanto mi cuerpo que soy incapaz de tocarlo o permitir que lo toquen. Y porque he hecho tan mío el discurso de la culpa, que cualquier opción de disfrute, y mucho más si esta tiene algo de corporal, la vivo como un sacrilegio. Me he convertido en una mujer extremadamente púdica, a la que le horroriza cualquier placer carnal. El verano se aproxima ya a pasos agigantados, y lo temo con la misma contundencia con la que me abrasará. No quiero deshacerme de las capas de ropa, no quiero la desnudez y la sensualidad, no quiero el mar y el vello erizado.

Hay una Ofelia que se libra de los ropajes que la hunden en el arroyo, una Ofelia que muestra su cuerpo sin ambages. Nada tiene que ver con esa que pintó el artista prerrafaelita John Everett Millais y que ocupa nuestro imaginario, esa Ofelia lánguida, de boca semiabierta en un silencio eterno y manos que se abren para recibir sin rechistar su destino. La Ofelia que yo quiero vence a la muerte y anda sobre el agua, y estoy decidida a que en esta temporada estival que está por venir sea mi espejo. Pienso en esa Ofelia que nada, busca la superficie del río y se alza sobre ella. Es una Ofelia en la que además de luz hay sombra, pero esta nueva heroína parece dispuesta a manejarse en ellas.

Creo que mi madre sufrió muchas de esas cosas que hacen a las mujeres más susceptibles de habitar el reino de la locura. Se divorció cuando yo tenía solo dos años y mi hermana cuatro. Mi padre hacía tiempo que se veía con una compañera de trabajo. Al parecer se había enamorado, pero no se iba de casa. Tuvo que ser ella, que aún lo amaba, quien le dijera que lo hiciera. Después de la marcha de mi padre, ella se quedó a nuestro cuidado, y solo un fin de semana de cada dos tenía un respiro de la atención constante que requeríamos. Tuvo que lidiar con la enfermedad dermatológica que sufrí con solo seis años y con los problemas psicológicos que de adolescente llevaron a mi hermana a encerrarse en una habitación durante un año. Y aunque tenía apoyos familiares, sus hombros de madre abnegada tuvieron que sostener mil desmoronamientos cotidianos.

Tenía un empleo fijo como administrativa y un sueldo que le permitía vivir, pero también tuvo preocupaciones económicas, sobre todo por la seguridad con la que nos quería dejar si un día faltaba. Una vez me enseñó una carpeta con una etiqueta en la que había escrito con solemnidad: «Para abrir en caso de enfermedad o muerte». Le dije que no quería saber nada, que me producía angustia. Me contestó: «Necesito que sepas dónde está». En cuanto escuché cómo se cerraba la puerta de casa, abrí la carpeta. En ella había un testamento vital, en el que pedía la eutanasia en caso de que estuviera impedida de conciencia o en un estado que le supusiera sufrimiento, y los papeles de un seguro de vida del que éramos beneficiarias mi hermana y yo. Sé que la idea de qué nos pasaría si un día no estaba la perseguía, y de algún modo lo sigue haciendo.

Olympe de Gouges tuvo la osadía de, en plena Revolución francesa, entre consignas de «egalité, fraternité et liberté», reclamar que esos derechos se extendieran también a las mujeres. Escribió la «Declaración de los Derechos de la Mujer y la Ciudadana», subió a púlpitos y publicó textos de contenido político incendiario. Fue condenada a la guillotina. Su última carta, escrita la noche antes de su muerte, la dirigió a su hijo y, entre el idealismo más ardiente, incluyó una última nota de lo más mundana y crematística: le recordaba que le había dejado un reloj y sus joyas en el Monte de Piedad. Lo mismo habría hecho mi madre, en lo alto del cadalso, en medio del fervor revolucionario y víctima de una de las mayores injusticias de la historia. Se habría preocupado de que sus hijas tuvieran cena esa noche, y antes de que su cabeza rodara por los suelos, le habría pedido al verdugo que nos dijera que hay una carpeta con un sobre, ahí, bajo el espejo de su cuarto, con un seguro de vida, y que no debíamos preocuparnos por nada.

Pese a los obstáculos y preocupaciones, mi madre ha mantenido siempre una cordura admirable de la que yo ojalá hubiera heredado algo. Solo sucumbió una vez, cuando nosotras éramos muy pequeñas. Años después me lo contaría. Y hasta su locura era hermosa y algo inocente. Durante unas semanas, pocas, fue presa de una idea obsesiva: la luna se iba a caer. Y eso hacía que sufriera al llegar el anochecer, cuando el astro se materializaba en sus ojos y su presencia y riesgo de caída era ineludible. Salió de ese delirio en poco tiempo y diría que totalmente indemne.

No me imagino mi vida sin mi madre. Y eso que me independicé siendo bastante joven y he vivido en diferentes ciudades a cientos de kilómetros de ella. Pero cuando estoy nerviosa, angustiada, aún me recuesto en su pecho, en el que casi no quepo, y ella aún me acaricia el pelo, con el humo de su cigarro siempre encendido cegándome los ojos. Creo que no soy en su vejez el apoyo que necesita, creo que sigo siendo su eterna fuente de preocupación. Durante el tratamiento de infertilidad, empecé a tener acúfenos. Lo que al comienzo era un leve pitido que oía por las mañanas, y que achaqué en un primer momento a un sonido ambiente, se convirtió en un coro de máquinas infernales que no daban tregua a mi oído izquierdo. Después de diversas pruebas, el otorrino me confirmó que no había ningún problema de fondo: era mi propio cerebro el que provocaba esos ruidos, y probablemente el desencadenante había sido una situación de tensión. Cuando mi madre, a mi lado siempre, le contó el proceso en el que estaba inmersa, todo le cuadró. La hipocondría que se desataría después del parto empezó ya a dar sus primeras señales y había noches en que la persistencia de esas dagas acústicas me vencía y me entraba pánico a quedarme sorda. Entonces necesitaba estar con mi madre. Le pedía que viniera a casa, o me hacía un hatillo con mis cosas y me iba a la suya. «No te mueras nunca», le decía. Como si dependiera de ella. Y me contestaba, entre risas: «Pues qué pena, porque ya me apetece».

Una vez, ya en la treintena, después de una noche de alcohol y sexo con un desconocido, dormía agitada en mi cama. Mi amante aún estaba a mi lado. En plena pesadilla, cuyo contenido he borrado de mi mente, me desperté mientras gritaba pidiendo ayuda: «¡Mamá!». Lo recuerdo a veces, con una mezcla de humor y vergüenza, e imagino qué debió de pensar ese hombre del que no retuve ni la cara. No lo volví a ver.

Durante una época de mi adolescencia, a la que mis ateísimos padres asistieron impertérritos, me sentí cristiana. Leía la Biblia, las vidas de las santas y la poesía de los místicos. Me regodeaba en los estigmas de san Francisco de Asís, en los milagros de la piadosa Virgen, en el martirio de los apóstoles. Creo que en ello había algo de fascinación literaria y sobre todo de rebeldía contra una familia comunista militante que se cagaba en la Iglesia y en Dios sin compasión. Por aquella época ya marchaba sola cada dos fines de semana a casa de mi padre, y viernes y domingos cogía el mismo autobús, el número 27. A menudo había una mujer vestida siempre de negro, de forma estrafalaria, y con la piel extremadamente blanca gracias a unos polvos cuya textura se percibía claramente. Muchas veces soltaba improperios a los otros pasajeros, insultos y gruñidos. Yo evitaba mirarla para pasarle desapercibida. Pero un día nuestras miradas se cruzaron y, con una vocalización perfecta, me gritó «Puta cristiana». Desde ese día me daba un miedo terrible. Esa mujer diabólica era capaz de leer mis pensamientos. Para mí era una bruja que debía de invocar en asamblea con sus congéneres a Satanás, o una loca de atar; mi imaginación no lo tenía claro.

Más tarde aprendí que las mujeres locas han sufrido a lo largo de la historia el mismo estigma que las brujas. Las histéricas, las neuróticas, igual que las brujas, desatan el caos. Son impuras y corrompen todo lo que tocan. Y aunque ya no ardan bajo las llamas de la Inquisición, el rechazo y la sospecha sobreviven.

Cuando mi abuela envejeció, fue presa de una demencia senil que le limitó la movilidad y por la que tuvo que ingresar en una residencia. Su compañera de habitación, demente como ella, le gritaba constantemente: «Bruixa, bruixa, bruixa». Así, tres veces siempre, como en una especie de conjuro mágico. Yo era pequeña, pero recuerdo claramente su voz, y la imagen de esa anciana que, como mi abuela, creía vivir en otro tiempo y en otro lugar. Su hija me contó que había sido costurera. A veces, cuando estaba cerca de ella, me agarraba una esquina del abrigo y empezaba a dar puntadas imaginarias sobre él, con una agilidad y destreza sorprendentes si se tenía en cuenta su Alzheimer avanzado. Aún conservaba esos movimientos reflejos que había repetido durante miles de horas bajo el foco de una sastrería. E igualmente conservaba ese conocimiento ancestral por el que las mujeres que se salen de la norma son locas o son brujas.

En la Edad Media, una de las pruebas para detectar a una bruja era la inmersión en agua helada: si la mujer flotaba, se la consideraba culpable de brujería; si se hundía, inocente. Esa misma agua, ese mismo frío, se ha usado para curar la locura.

Fue el médico flamenco Jan Baptist van Helmont quien, en el siglo XVII, empezó con esta práctica después de que le relataran una historia. Un lunático se había escapado del manicomio, le contaron, y se lanzó a un lago; estuvo a punto de morir, pero consiguió salir con vida y con una cordura recién estrenada. Van Helmont decidió entonces tomar su ejemplo, convencido de que el agua aplacaría la ardiente locura. Desnudaba a sus pacientes, les ataba las manos y los metía de cabeza en el agua. Parece ser que alguno de ellos se ahogó, y parece que ninguno consiguió curarse. Pero la hidroterapia siguió practicándose, de forma más segura para los pacientes, pero no siempre de forma menos violenta.

En el siglo XIX, el médico escocés Alexander Morison diseñó un artilugio al que puso de nombre «The Douche». Se trataba de una especie de contenedor, en forma de ataúd, en el que se introducía al paciente con las manos y las piernas atadas, y del que solo asomaba la cabeza por un agujero, con un collar de sujeción que impedía que se moviera. Los psiquiatras decimonónicos estaban convencidos de que el lugar de la locura era el cerebro. Por ello, The Douche tenía un chorro de agua helada que caía de forma constante sobre la cabeza.

Una de las víctimas de este martirio fue una paciente del doctor Morison que sufría locura puerperal. Respondía a las iniciales E.E.L, tenía veinte años y fue ingresada veinte días después de dar a luz a su segundo hijo. Según el testimonio de Morison, la mujer afirmaba, presa de una excitación extrema, que tenía miles de hijos. Para curarla, le afeitaron la cabeza, le administraron laxantes y la sometieron a más de veinte sesiones de The Douche. Después de eso, se recuperó.

Conservamos un retrato de E.E.L. antes de su paso por el dichoso artilugio. El doctor Morison creía firmemente en la ciencia de la fisionomía, y dejó retratos de sus pacientes junto a sus notas en el historial. En las de E.E.L., leemos que, como Emma o Teresa, se empeñaba en rasgar la ropa. Me pregunto por qué todas lo harían a pesar de saber que las atarían, pienso que quizás fuera precisamente esa la razón.

Los clérigos dominicos que escribieron el más influyente libro sobre la caza de brujas, el *Malleus maleficarum*, ya advirtieron de la dificultad de distinguir entre brujas y locas. Por ello, algunos médicos dieron indicaciones para que los inquisidores pudieran realizar su trabajo sobre seguro. Una de las marcas conclusivas para identificar a las discípulas de Satanás era la existencia de un tercer pezón con el que las brujas alimentaban al maligno y sus secuaces. No era fácil de localizar, decían, por lo que había que desnudarlas y recorrer cada centímetro de su piel. ¿Dónde escondería la señora del autobús ese tercer pezón, en la inmensidad de ese negro de paño mortuorio con el que se cubría? Y, lo que es más importante, me pregunto ahora con esas dos pequeñas víboras que quieren mamar cada pocas horas, ¿tendría leche suficiente para alimentar a toda una legión de demonios?

En la misma época en que Alexander Morison sumergía a los locos en agua helada, el célebre psiquiatra francés Philippe Pinel, inspirado por las ideas revolucionarias, intentó romper las cadenas que ataban a sus pacientes de los hospitales parisinos de la Salpêtrière y Bicêtre y dispensarles un trato más humano. Pinel era ante todo un científico que buscaba reproducir en la psiquiatría las mismas técnicas de observación que habían aplicado los naturalistas. Para ello, vagaba por las salas del hospital anotando en su cuaderno a qué especie de enfermedad mental pertenecía cada interno y los criterios para diferenciarlas: estaban los locos por amor, los locos por penas domésticas o lo locos por los acontecimientos de la Revolución. ¿Qué nombre le pondría a la mía?

Jaime la llama «trastorno por interferencia de la de la guadaña». Como fármaco me propone la rendición. «Haz uso de ese verbo, que está mal valorado, pero en realidad es muy bello», me aconseja. A mí, que desafié las reglas de la naturaleza pariendo sin tener trompas de Falopio, a mí, que me presenté de la nada a unas elecciones con la intención de dispensar justicia y amor. No lo veo posible. Pero gracias a los diálogos que entablo con él cada vez aprecio más esa belleza que me perjura que hay en el hecho de rendirse. Lo que él me propone es una rendición terapéutica, que sea consciente de que cuanto más lucho contra la incertidumbre más agravo el problema. Rendirse no es pasividad, es sensatez, asegura Jaime. «Ríndete como nos hemos rendido todos —me dice con una sonrisa–, que en esto, lejos de ser pionera, vas de las últimas».

A Pinel lo llevó hasta la psiquiatría la misma humanidad con la que hoy Jaime es capaz de dirigirse a mí en estos términos y no se conforma con la pastilla que me recetan los médicos puntualmente. En su famoso *Tratado médico-filosófico de la enajenación del alma*, Pinel contradijo a todos esos médicos que afirmaban que la locura provenía de lesiones cerebrales incurables y que, por tanto, el único destino de los locos era el encierro y la brutalidad. Para Pinel ese trato inhumano era equiparable a la opresión de la ciudadanía por parte de gobernadores autoritarios. Él estaba convencido de que los tratamientos debían enfocarse a tratar una sensibilidad demasiado exaltada, una cualidad que había que poner en valor, y que muchas veces era reflejo de las vicisitudes de la exaltada época que les había tocado vivir.

Pinel se ha convertido en un mito y, más allá de los debates que existen en la historia de la psiquiatría, su imagen liberando a los locos permanece en el imaginario colectivo inmortalizada por un cuadro de Tony Robert-Fleury que aún puede verse en el Hospital de la Salpêtrière.

En la pintura aparece el psiquiatra francés en el centro, supervisando cómo le quitan los grilletes a una hermosa joven. Otra, agradecida, le besa la mano. El resto de las pacientes, mujeres todas, se despliega en los márgenes con expresiones gimientes y a la espera de desprenderse de las ataduras. Una se agacha presa de la melancolía, otra gesticula en un arrebato de histeria. Alrededor de Pinel se concentran hombres bien vestidos, presumiblemente médicos o gobernantes, en representación de la razón.

Según consta en los documentos de la época, Pinel le quitó las cadenas primero a los internos varones, y solo unas semanas después lo hizo con las mujeres. Pero Robert-Fleury, cuando Pinel ya había muerto, decidió, apoyado por la tradición histórica, qué imagen de la locura debía perpetuarse y convertirse en símbolo.

Yo acudí en peregrinaje a ver la pintura. Hay toda una geografía de la locura a la que rindo pleitesía en cada ciudad a la que voy. Existen los lugares de la locura colectiva, las moradas de los lunáticos que fueron, en las que busco sus restos como un arqueólogo en un yacimiento. Y luego están los lugares de la locura individual, esos en los que solo yo sé el nivel de sufrimiento que he vivido. Está esa unidad de maternidad en la que enloquecí, ese banco a una travesía de mi casa en el que me refugio a temblar para que no me vean ni los niños ni su padre, esos lavabos del Congreso de baldosas relucientes en los que lloro cuando nadie me oye, o esas habitaciones de hotel de uso individual donde el único consuelo que encuentro en mis ataques de ansiedad está al otro lado del teléfono. Barcelona y Madrid son dos ciudades llenas de rastros de mi locura, y a la vez que abrazo esa posibilidad de rendición que me ofrece Jaime, voy aprendiendo también a reconciliarme con esas calles marcadas.

Sara y David son extremadamente diferentes. No deja de sorprenderme que, habiendo recibido los mismos estímulos desde que eran un deseo, evolucionen en forma tan oblicua. Y me quedo embobada mirando esas direcciones que van tomando, tan suyas, para las que la ciencia se queda tan corta. Los veo como en pinturas de Sorolla, con una luz que no sé exactamente de dónde proviene, pero que ilumina una zona concreta cada vez y me obliga a entornar los ojos. La boca de Sara, aún en posición neutra, dibuja un ligero arco hacia abajo que, con ese ceño que frunce a veces, le da un aire a señora que piensa. Durante los primeros meses ha cogido peso y su cuerpo redondeado permanece erguido sobre los pilares que son sus nalgas. Desde esa posición, analiza impertérrita lo que sucede a su alrededor. Con su mirada rasgada parece querer controlarlo todo, como si nos juzgara, desde una sabiduría infantil, plácida, que en tan poco tiempo ya ha conseguido olvidar que un día le faltó el aire. Posee una nariz respingona y unos mofletes extremadamente voluminosos. Los tres forman un triángulo perfecto que son las boyas a las que me amarro millones de veces en los largos días de la vida doméstica. David en cambio sonríe con una boca generosa. Su nariz, más grande que la de su hermana, es la torre que vigila unos ojos ligeramente saltones y vivaces que parecen querer salir a la aventura en cualquier momento. Todo en él es desorden y sensibilidad. Cuando hace la digestión tiene reflujos a menudo, y antes de expulsar la leche, lo que hace indistintamente por la boca o la nariz, se mueve como un renacuajo que buscara la superficie. Y entonces explota en un estruendoso llanto. Yo corro desde cualquier punto de la casa en el que me halle para cogerlo en brazos y él se me enrosca como un zarcillo que busca consuelo. No pasa nada, solo era un poco de leche, y yo tengo manantiales para darte, le miento. Hace tiempo que mis pechos dan poca leche, por la ansiedad, o por mis viajes a Madrid, quién sabe.

Pero si hay algo que los distingue a ambos, lo primero que observa y comenta cualquier extraño que se acerque a ellos, es el color de los ojos. Los de Sara son de un azul que deslumbra, aguamarina. Los de David son muy oscuros, dos llamas negras en contraste con el blanco de la esclerótica. Esos círculos perfectos que son el iris de mis hijos son para mí amuletos mágicos, que necesito y paseo con placer, pero cuyo poder me infunde aprensión.

Al nacer, la retina no se halla completamente desarrollada, de hecho, la vista es el sentido menos acabado de los bebés. Y en el caso de los niños prematuros, esto es aún más cierto. Aunque nadie me sabe concretar los tiempos exactos, David y Sara tardarán más en ver con nitidez que el resto de los niños de su edad. Además, es muy probable que sufran miopía, hipermetropía, astigmatismo y un sinfín de nombres que no sé bien a qué corresponden. Cualquier manual explica claramente qué ven los bebés: al principio, solo sombras borrosas en escala de grises; a los tres meses ya distinguen los colores primarios; a los cinco reconocen las caras familiares y a los seis perciben la profundidad y todo tipo de colores. En cambio, yo no sé qué ven mis hijos. Y para averiguarlo me embarco en rituales extraños con su mirada. Entro y salgo de su campo de visión para comprobar si me siguen con la vista, me acerco y me alejo, pongo una mano frente a sus ojos y la muevo anárquicamente, salto y corro por toda la habitación. Yo misma río imaginando qué pensaría alguien que me viera por una rendija. Esa señora loca. Esa señora loca es madre y diputada. Dos niños y un país en sus manos. Son momentos de risa y alboroto, de ansiedad que se desborda en juego, y que espero que permanezcan también en su inconsciente y que sean algún día capaces de recuperarlos.

David y Sara casi han cumplido seis meses y les toca la revisión pediátrica de rigor. Yo acudo a la consulta con una larga lista de preguntas, ante la resignación de Tomás, que me deja plantearlas, aunque esta vez consigo hacerlo sin el desespero habitual. Durante la visita, la doctora nos llama la atención acerca del tamaño de las pupilas de Sara. Son muy pequeñas, afirma, y empieza a mover el otoscopio, ese instrumento parecido a una linterna que sirve para estudiar el oído. Dirige el haz de luz a un ojo de Sara, lo acerca y lo aleja. «Mirad», nos dice. Su padre y yo nos abalanzamos sobre Sara y vemos cómo su pupila se empequeñece cuando el otoscopio está muy próximo y se vuelve un punto perdido en la inmensidad del mar. Debido a la prematuridad, y esta pequeñez que hasta entonces nos había pasado desapercibida, programa una visita con el oftalmólogo. Vestimos a los niños y salimos de la revisión. Más allá de ese detalle, todo ha ido bien, están perfectos, ganan peso y tamaño. Antes de irnos, nos enseña y nos imprime esa escala rutinaria para cualquier padre o madre de prematuro. Su línea es ascendente. En esa carrera que es su crecimiento, y aunque sepamos bien que nunca irán en cabeza, empiezan a acercarse al pelotón que va en el medio y que indica la normalidad. Y qué bien suena esa palabra en boca de un médico.

Al llegar a casa miro las pupilas de Sara. Esa diminuta circunferencia negra que apenas se veía bajo la mirada de la pediatra es ahora, en la oscuridad de la habitación, más grande que nunca. El filósofo griego Empédocles aseguraba que los ojos azules se debían a la abundancia de calor, por eso las personas que los tienen pueden ver en la oscuridad, porque tienen fuego en los ojos, y solo con ellos pueden iluminar el más negro de los espacios. Me sorprendo a mí misma pensando en que no hay nada malo en esos dos astros ardientes que son ahora las pupilas de Sara. Y sonrío mientras constato en la visión de los cuerpos de mis hijos en las cunas su crecimiento prodigioso, el milagro de la vulgaridad de su peso y tamaño, de sus hábitos y gestos.

Cuando llevo al cabo de unos días a Sara a la oculista, le ponen unas gotas para dilatarle la pupila y poder estudiar así con claridad el ojo. Nos hacen esperar media hora en una sala hasta que hagan efecto. Durante ese rato, miro con detenimiento cómo la pupila de Sara se va ensanchando, como si quisiera comerse el azul del iris. La tierra robándole territorio al océano. Sus ojos están acuosos, y de vez en cuando dejan escapar una lágrima. Entonces, como por mímesis, otra lágrima brota de los míos.

Una vez leí que la composición química de las lágrimas varía ligeramente en función del motivo que las impulsa y de qué área del cerebro se encuentre implicada. Me pregunto de qué estarán hechas las lágrimas de una madre. Y lo primero que me viene a la mente es de historia.

Las lágrimas maternas por excelencia son las de la Virgen, que no llora solo por la muerte de su hijo, sino por toda la humanidad. Las madres siempre hemos sido las mejores plañideras y hemos tenido un buen modelo: cada lágrima de María es un espejo en el que ver las nuestras. Y María llora con tesón, subvirtiendo las leyes físicas, María llora hasta el milagro. Como la Madonna delle Lacrime, que, esculpida en yeso, estuvo cuatro días y cuatro noches derramando lágrimas desde las paredes de la casa de un modesto matrimonio siciliano en 1954. La mujer, embarazada y aquejada de preclamsia, quedó ciega y encontró refugio en la plegaria. Un día recuperó súbitamente la vista justo en el preciso instante en que por la mejilla de la efigie de la Virgen en el salón empezaba a caer un líquido transparente. Cientos de personas se agolparon a las puertas de la casa, vecinos, clérigos y una comisión de médicos, que constataron el origen humano de las lágrimas. Un cámara del pueblo filmó la maravilla, y aún se conservan los más de trescientos fotogramas de la lacrimación. El vídeo puede verse en YouTube, y a mí las lágrimas me parecen muy grandes, poco proporcionadas respecto al tamaño de sus ojos. Pero supongo que en eso de las lágrimas también hay jerarquías, y las suyas tienen que abarcar todo un mundo.

La filósofa Julia Kristeva ilustra cómo en las representaciones de la Virgen lo maternal se expresa mediante el llanto y la leche, y que ambos son metáforas del no lenguaje. A las madres se nos niega el lenguaje, y solo disponemos de esos dos fluidos para gritarle al mundo. A mí, que ya no me queda leche desde hace semanas, todo el líquido que no me brota de los pezones inunda mi lacrimal. Desde que soy madre lloro constantemente, ante cualquier estímulo, a veces incluso sin ninguno. A Tomás le preocupa, y me pide siempre que no llore delante de los niños. Piensa que puedo marcarlos con la pena, y sus dudas me parecen razonables. Por eso intento llorar donde nadie me vea, en algún recoveco de un pequeño piso que esconde pocos. Las lloronas, al fondo del armario.

Pero las lágrimas maternas inundan la Tierra. Así sucede al amanecer, cuando cristalinas gotas de agua se posan sobre las hojas de los geranios de mi terraza. Son las lágrimas de Eos, la diosa de la aurora. Cada día, se alza de su lecho en el este, sube a su carro y se dirige al Olimpo, donde anuncia la llegada de su hermano Helio. Uno de sus cuatro hijos, Memnón, murió a manos de Aquiles en la guerra de Troya. Eos aún lo llora, y es el fruto de su llanto lo que los meteorólogos se empeñan en llamar rocío.

Memnón también llora a su madre, o eso pensaron los viajeros griegos que llegaron a la necrópolis de Luxor y lo reconocieron en unos de los dos colosos del templo de Amenofis III. Por las mañanas, justo al amanecer, esa gigantesca estatua emitía una especie de quejido, un llanto melodioso que interpretaron como un saludo del hijo al sentir el roce de su madre aurora. No hace mucho restauraron uno de los colosos, y Miguel Ángel López Marcos, especialista en conservación de piedra y director de la obra, dio una explicación científica al fenómeno. El canto no era más que un chirrido producido por una grieta en la cuarcita causada por un terremoto. La piedra sonaba al dilatarse por las diferencias de temperatura que hay en el desierto entre el día y la noche, que pueden llegar a los cuarenta grados. La grieta siguió ensanchándose y ahora ya no emite sonido alguno. Ese coloso tampoco representa al hijo de Eos, sino a Amenofis III, al que está dedicado el templo. No hay llanto. No hay reencuentro entre madre e hijo al alba. Solo minerales que se ensanchan y condensaciones de la humedad del aire. Y madres llorando a escondidas.

La oftalmóloga decreta que no hay ningún problema en la vista de Sara, aunque es conveniente realizar un seguimiento por su prematuridad. Cuando llegamos a casa después de esa lacrimación compartida entre madre e hija, con las mejillas aún saladas, David está jugando en la alfombra del salón. Gira su cabeza y nos sonríe con esa boca mayúscula. Sara y yo le devolvemos la sonrisa. Saco a la niña del cochecito y la pongo a su lado. Y empiezan a nadar sobre el suelo, levantando la cabeza con esfuerzo, intentando mantenerla bien erguida, como dos torpes equilibristas. Ríen entre ellos. Me acerco. Y diría que David trata de acariciarnos, de enjugar nuestras lágrimas, con esos brazos y esas manos aún torpes pero que quizás respondan ya al instinto del consuelo. Sus ojos vivos son como los de una garza dispuesta a comerse la serpiente de cualquier desasosiego.

En la Edad Media surge una iconografía de una Madonna diferente, poco abundante pero más trascendente que las conclusiones de cualquier concilio. Inspirada por las vírgenes bizantinas, en ella no es solo la madre la que cuida al niño, sino que es una acción recíproca. El artista florentino Cimabue pintó con temple y oro en la Collegiata dei Santi Lorenzo e Leonardo una María que mira al vacío, muy probablemente consciente de los peligros que acechan a su pequeño, y un Jesús que le toca la mejilla para mitigar sus dolores. A ojos contemporáneos la paz de la escena queda rota por la extraña figura del niño, más propia de un señor viejo malhumorado que de un mesías recién nacido con toda la magnificencia y pureza de un dios. Dos teorías quieren explicar la abundancia de estos mesías envejecidos en las iglesias medievales. Por un lado, estaría la torpeza de los creadores, que en una sociedad que aún no consideraba la infancia suficientemente relevante para ser representada, carecían de referentes y se contentaban con dibujar señores en miniatura. Pero también es probable que se dejaran influir por los teólogos que afirmaban que Cristo nació como un hombre perfectamente formado, y que su madre lo habría tomado en sus brazos con todos sus dientes, largas uñas y vello. A mí lo que más me inquieta de este Cristo son esas entradas en la cabeza, esa incipiente calva que frente a las imágenes que nos han llegado profetiza que irá a la cruz sin un solo pelo. Leo en algún sitio que en esa época la calvicie se consideraba un signo de sabiduría, y en ese gesto de consuelo a su madre este Jesús demuestra que la posee toda.

Me siento en el sofá, agotada por la tensión de la visita al oculista de Sara, y dejo a los niños ahí, en el suelo, moviéndose como festivos gusanos, cruzando sus miradas. Quizás no he podido ser la madre que quería, pero sin ser mérito mío sí les he dado el mejor de los regalos: el uno al otro. Con el tiempo mostrarán la misma sabiduría de ese niño Jesús viejo cuando traten entre ellos. En unos meses Sara dirá «David» por primera vez, y ese momento me quedará grabado a fuego mucho más que cuando dijo «mamá». Con ni siquiera un año, David se cortará con un juguete afilado, sangrará un poco y Sara le acariciará la cabeza. Cuando apenas saben articular palabra, cada vez que Sara llora, David le dirá «Ya está». Y en su primer día de escuela, veré, mientras me alejo y los dejo en un aula atestada de desconocidos, cómo se toman la mano.

A lo largo de los años por venir, serán esas manos entrelazadas su referencia más estable en un mundo mutable, en unas rutinas que invariablemente se mueven entre dos casas. Porque una tarde en que ya no podemos eludir más la conversación, cuando Sara y David cuentan poco más de medio año, Tomás y yo pronunciamos por fin la palabra «separación». Con una civilidad de la que yo misma me asombro, verbalizamos lo que ya sabemos desde hace tiempo y con un «por el bien de los niños» tomamos la decisión de dejar de discutir. Al principio continuamos con una convivencia forzada «por razones prácticas» que acabará inundada por la sinrazón de saber que esa presencia será pronto ausencia. Aunque sigamos con la cotidianidad como si nada, en ese momento sé que un día no muy lejano partirá, y que tendré que renunciar a conjugar amor con una admiración que ha colonizado hasta la más pequeña de mis células. Para mí Tomás era y es el hombre brillante, el de la percepción aguda, el ingenio siempre a punto, un pozo intelectual en el que me habría instalado de por vida.

Finalmente, ese día en que marcha a casa de su madre llegará, y un par de meses después, cuando ya haya encontrado piso, me avisará de que vendrá a llevarse una de las librerías y algunas cosas más. Yo me iré a un bar al lado de casa para no presenciar el derrumbe del hogar, de la familia nuclear, de lo que había querido ser y no pude conseguir. Pediré un café y mientras lo tome sentiré uno de los dolores más profundos que haya experimentado jamás. Mi biblioteca se descompondrá. Porque el amor, como dice Sylvia Plath, no responde a ninguna teoría, y el fracaso del mío con Tomás será definitivamente para mí el fin de todas ellas.

Durante las semanas en las que él aún no tenga casa propia, yo me haré cargo de los niños. A pesar de sus visitas y su atención constante, a pesar del apoyo de mi madre y hermana, ese será un tiempo de soledad. Y, sobre todo, de silencio, el del teléfono que no suena, el de la familia de Tomás que después de la separación se olvidará de mí como si estuviera muerta, el de mis amigos que huirán del dolor de cabeza que supone una madre sola y con arrebatos de tristeza. Pero, al igual que Plath, dilapidaré esa amargura con paseos. Cada rincón de Barcelona, cada parque, cada plaza, me verán caminar en esa época con el pesado carrito doble, riendo, abrazando. Los llevaré al zoo, les contaré mil cuentos y resolveremos los rompecabezas de la rutina de una madre separada con todo el ingenio del que un dragón de tres cabezas es capaz. Y como Sylvia Plath, por las noches también les prepararé leche a mis hijos, pero conseguiré despertar por la mañana para retirar los restos mientras observo sus sonrisas francas. Y me diré, mientras agito una pelota de trapo frente a sus ojos abiertos para alegrarlos a ellos y a mí misma:

> *¡Con qué extrañas lunas vivimos*
> *en vez de con un mobiliario muerto!*

A menudo pienso si habrá algo aprovechable en los espesos matojos de miedo que he cultivado estos meses y que pueda reciclar en este resurgir veraniego al que lo he apostado todo. Yo, que he puesto todas mis lágrimas en una vasija en un ejercicio tanególatra como sumiso, ¿acaso no podría anotarlas en un libro?

Cuando la poeta Anne Sexton se intentó suicidar, su psiquiatra fue a verla al hospital y le dijo: «Usted no puede quitarse la vida, usted tiene algo que dar. Las personas que lean sus poemas pensarán: "¡Hay otros como yo!". Y entonces no se sentirán solas». Años después, la poeta reconocería que esas palabras le hicieron sentir que había encontrado una utilidad a su existencia. Y sí, hay otras como Anne, yo misma, que nos hemos reconocido en sus poesías, que hemos hallado en ellas culpa y perdón, y que hemos descubierto el tesoro que dejó una vida torturada.

Como yo, Anne Sexton fue diagnosticada de problemas de salud mental relacionados con el posparto. Sucedió poco después del nacimiento de su segunda hija, Joy, y cuando la primera, Linda, contaba con solo dos años. Anne recuerda el momento exacto en que todo se desencadenó. «Llegué tarde a casa y oí que Joy se ahogaba. Era como el ladrido de un perro. ¡No podía respirar! Entré corriendo en su cuarto y abrí la ducha y me pasé toda la noche con la niña en el cuarto de baño, convencida de que se moriría». Desde entonces, y pese a que Joy se curó, Anne vivía con un miedo insistente a que a sus hijas les sucediera algo, y encadenaba fuertes crisis de ansiedad. Me reconozco en ella. En esa escena imborrable y que la marcaría para siempre de su bebé sin aire, en esa ansiedad que aumentaba conforme crecían sus responsabilidades maternas, en ese convencimiento de que su torpeza como madre la incapacitaba para evitar las espinas en los costados de sus pequeñas.

Leer la poesía de Anne Sexton es hablar con ella sobre maternidad. Pero sobre una maternidad culpable, que arrastra el remordimiento, que ejerce la violencia y que suplica disculpas. Escribir sobre el hecho de ser madre en la década de 1950 es ya de por sí un acto de subversión, pero confesar como hizo ella que la maternidad fue fuente de angustia, la forma como vinculó su colapso mental e intentos de suicidio con su papel como madre, es de una radicalidad extrema. El grito que es su poesía es más político que muchos de los discursos que escucho en el hemiciclo desde mi escaño.

Después de uno de sus ingresos en el manicomio, cuando sus hijas tenían uno y tres años, la familia decidió que Anne no se podía hacer cargo de ellas y las envió a vivir con parientes. Al cabo de un tiempo, cuando Anne recuperó algo de la cordura perdida, sus hijas volvieron a casa, pero la culpa no la abandonaría. La culpa torturando a la madre, en una zancadilla perpetua que no la dejó ya escapar. Años después le dedicó un poema a Joy, «Un pequeño himno nada complicado», en el que quería escribir la canción perfecta para redimir todos sus pecados como madre:

> *Una canción para tus rótulas,*
> *una canción para tus costillas,*
> *esos árboles delicados que cubren tu corazón;*
> *una canción para tu estante de libros,*
> *donde hay veinte patos soplados a mano en fila veneciana.*

Pero, como ella misma reconoce al final del poema, fracasa:

Quise escribir un poema así,
con tales notas, tales guitarras;
quería en lo más extremo del sonido
hacer marchar tales legiones de ruido;
en el rompeolas quería coger
la estrella de cada barco;
y cuando las manos se cerraron
busqué sus casas y silencios.
Encontré solo una cosa.
Tú eras mía y
yo te presté.
Busco himnos nada complicados
pero el amor no tiene ninguno.

De alguna forma siento que, con esa conclusión anticlimática, Anne Sexton me dice que lo primero que debo aceptar si quiero salir de ese pozo del que ella ya no salió es que, en la poesía, como en esa forma de amor que es la maternidad, no existe el éxito rotundo.

Yo he caído sobre un suelo más mullido que el que acabó con Anne, y en parte está formado por su lecho de muerte y el de todas esas madres locas que me precedieron. Veo a estas muertas en este junio caluroso, grandes y pequeñas, de pie delante del trono que les he construido. Abro sus libros y con su fuerza se va abriendo otro.

Las locas siempre hemos cantado y declamado versos. Lo hizo Ofelia, que, repartiendo flores y hierbajos, entonaba baladas melancólicas y obscenas en la ribera del río. Y lo hacían muchas de las damas victorianas enloquecidas al poco de dar a luz. Así lo reflejó con entusiasmo el obstetra alemán del siglo XIX J.F. Osiander, que dejó constancia de la manía extrema de una de sus pacientes, incapaz de dejar de crear con el lenguaje: «Ni por un segundo dejó de hablar y rimar, a menos que le mantuvieran la boca cerrada o le dieran una dosis de medicina». Otra inventaba versos sobre eventos románticos, y Osiander reconoció en ellos «una calidad sorprendentemente hermosa y profunda».

Poco a poco yo también voy encontrando en el desenfreno lírico algo de consuelo y rumbo. Pero me pregunto a quién le importarán las lágrimas de una madre en un mundo que se ha acostumbrado tanto a ellas que las considera redundantes.

En 2002 se restauraron los frescos de Giotto en la capilla Scrovegni, en Padua. Esta gran obra del arte universal, escondida en el interior de una modesta capilla, había sido dañada por las sales y los materiales que el paso de los siglos había ido depositando sobre su superficie. Los personajes que conforman las escenas de la vida de Jesús que Giotto pintó a lado y lado de la capilla, su majestuosidad y humanidad, estaban amenazados por la corrosión del tiempo. El cielo estrellado de la bóveda podía perder ese tono azul que solo Giotto fue capaz de crear. Por eso se llevó a cabo una de las más ambiciosas y arriesgadas tareas de restauración emprendidas nunca, y seme-

jante hazaña permitió descubrir un tesoro. En la escena bíbli-
ca que reproduce la matanza de los inocentes por parte de
Herodes, los restauradores, al eliminar la suciedad de la historia, descubrieron las lágrimas que corrían por las mejillas de
las madres que acababan de perder a sus hijos y que habían
permanecido ocultas durante siglos. En una época en la que
las lágrimas eran un tema exclusivamente religioso, Giotto
decidió exponer el llanto de estas mujeres por hijos que no
eran dioses. Son lágrimas pequeñas, que dejan un fino regue-
ro en las caras descompuestas de esas madres y que nada tienen que ver con las dimensiones de las de la Virgen de yeso
que llora impertérrita en Sicilia. Pero son de una contundencia que hiela. Aunque no todo el mundo piense lo mismo. La
restauración no estuvo exenta de polémica, y muchos señala-
ron el daño que podía causar a los frescos. Ese fue el caso de
ArtWatch International, una entidad que tiene como objetivo fiscalizar las buenas prácticas en las obras de restauración y
que se opuso con vehemencia a los trabajos de la capilla Scrovegni. «A quién le importan las lágrimas de esas madres», dijo
Ornella Livigni, una de sus portavoces.

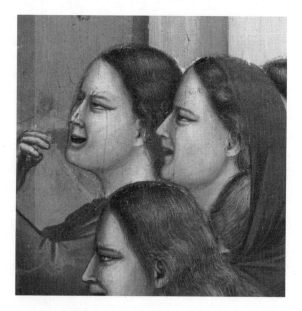

Y quizás tenga razón. Además, temo revelar lo que he visto dentro de mi mente, exponer toda esa oscuridad a la luz del sol. El psiquiatra victoriano W. W. Godding, preocupado por el estigma de la locura, aconsejaba a las familias que no hospitalizaran a las mujeres que sufrieran de locura puerperal: «Aunque la recuperación sea rápida, habrá estado loca, y esto nunca lo olvidarán sus amigos o sus hijos —escribió—; de ahora en adelante hay un cierto temor a lo que pueda ser en el futuro, un esqueleto en el armario, no mencionado pero siempre ahí». Sé que ese libro que empiezo a imaginar será mi esqueleto en el armario, y probablemente el de mis hijos. Pero también pienso que de algún modo he contraído una deuda. Porque si tengo algo de fuerza para encarar este verano, ha sido gracias a la palabra impresa. Siento que tengo yo también el deber de alzar mi voz, aunque sea torpe. Quiero pensar que David y Sara asienten con la cabeza, que entenderán que haya sentido la necesidad de formar parte de ese coro. Y que de algún modo les estoy rindiendo un homenaje, a ellos y a sus voces, que van creciendo y que quiero que sean capaces de entonar en un futuro a pulmones llenos.

La verbena de San Juan llego a casa cuando ya casi ha oscurecido. Regreso de Madrid con noticias. Las negociaciones para formar gobierno no han tenido éxito y deben celebrarse elecciones. Yo he tomado la decisión de presentarme de nuevo, de seguir empeñándome en cambiar lo que muchos consideran fijo. En cuanto cruzo el umbral de la puerta, veo que David y Sara me esperan, sentados ya casi erguidos, en el sofá. Tras ellos, por la inmensa ventana de la terraza, se ve el cielo, un mar de cristal ardiente en el que estallan espléndidos fuegos artificiales. Sus luces, como los cuerpos de mis hijos, contienen todos los colores del universo. Dejo la maleta de cualquier manera en la entrada y me acerco. Los abrazo y los beso mientras sus cabezas parecen sostener todas esas estrellas efímeras que anuncian el solsticio. Ahí fuera están los mismos riscos y despeñaderos, pero ante ese espectáculo consigo que no dominen mis pensamientos.

Al verme, al recibir mis caricias y exclamaciones, David y Sara emiten balbuceos y pequeños gritos de euforia que se asemejan a la voz de mil trompetas. Yo juego con solemnidad a que les robo la nariz y se la vuelvo a poner, a que me zampo uno de sus dedos y luego lo devuelvo a su sitio, a que desaparezco tras mi mano para volver a ser visible con un simple chasquido de dedos. Con el tiempo, primero a gatas, después de pie, David y Sara tomarán la iniciativa en los juegos. Cogerán la costumbre de venir a buscarme furtivamente a la habitación mientras estoy trabajando e intentar sorprenderme, como si no hubiera oído sus sonoras carcajadas o visto sus cabezas asomándose por la puerta. Cuando llego de Madrid, se esconderán detrás de una silla o una lámpara, muy quietos, ajenos a que la mitad de su cuerpo queda al descubierto; yo haré ver que no los encuentro, y ellos estarán orgullosos de su pericia para ocultarse. Hay una regla que debo acatar en todos esos juegos: fingir que no los he visto, que no he escuchado sus nada disimulados sonidos, y poner así el deseo de su risa por encima de la evidencia.

Esa noche, sentada a su lado, contemplo cómo el cielo se ilumina y oscurece cíclicamente. Siento su calor como dos antorchas encendidas en mis costados. Les canto para que duerman y conforme el sueño los vence, yo también voy cerrando los ojos. Sueño que un lobo vive junto a un cordero, que un leopardo comparte descanso con un cabrito y que un ternero es amigo de un león, y que son un niño y una niña los que los guían.

AGRADECIMIENTOS

Quiero dar las gracias a todas las personas que tratan de conservar viva la memoria y el testimonio de los locos y locas de la historia.

Gracias también a los y las profesionales que mantienen el trato humano cuando se enfrentan al sufrimiento psíquico. En mi caso, he tenido la suerte de encontrarme con Jacobo Chamorro López, el doctor Udina, la doctora Parramón, el doctor Alamán, la doctora Vilarassa, la doctora Roa, la doctora Jordán y todo el equipo del servicio médico del Congreso de los Diputados.

Muchas gracias a todos los trabajadores y trabajadoras del Congreso de los Diputados, muy especialmente al personal de la biblioteca, al cuerpo de taquígrafas y a Roser Comellas y Anna Flotats, y a Laura Pérez Castaño, por su apoyo en estos años, que no han sido solo de soledad.

Mis editoras, Mireia Lite y Carme Riera, y todo su equipo, creyeron en este libro desde el principio y me dieron la fuerza para publicarlo a pesar de mis miedos. A la sensibilidad de Rita Puig-Serra debo la foto de cubierta, y a Antonina Obrador su singularidad.

Patricia Valero y Laura Gamundí, en nuestros míticos aquelarres, me dieron sabios consejos que me ayudaron en todo el proceso.

A Sara R. Gallardo quiero agradecerle ser compañera de locura y prestarme sus hermosos versos del poemario *Ex Vivo*.

No habría podido escribir una sola palabra sin Telmo Moreno Lanaspa, Alberto Fernández Camino, Montserrat Puig

Bassols, Àngels Oliver Bilbao, Cristina Hernández, mis hermanas Georgina e Irene y mi hermano Víctor. Para ellos van mis gracias con más arrepentimiento también, por todo el dolor que les puedo haber causado en este camino.

NOTA Y AGRADECIMIENTOS
BIBLIOGRÁFICOS

Mi primer agradecimiento es para los libreros y libreras, en cuyas estanterías me he perdido, he encontrado verdaderos tesoros y he seguido itinerarios inesperados que me han llevado a escribir estas páginas. Mención especial merecen las librerías de viejo, que me han proporcionado acceso a libros descatalogados e imposibles de encontrar en bibliotecas, rarezas que han sido una pieza fundamental en la construcción de este libro. El papel de los archivos en la conservación y difusión de la historia de la locura en primera persona es fundamental. Yo quiero agradecer especialmente el trabajo de las archiveras del antiguo manicomio de Bedlam, hoy Bethlem Museum of the Mind, por la ayuda que me prestaron para reconstruir las vidas de algunas de las mujeres que aparecen en este libro.

Muchas autoras han indagado antes que yo en la historia de las locas del pasado. Las investigaciones de Hilary Marland, autora de *Dangerous Motherhood*, y Elaine Showalter, autora de *The Female Malady*, acerca de la locura en las mujeres victorianas han sido fundamentales en este libro (y también en mi vida estos últimos años). Otras obras que revindican las voces de las enajenadas silenciadas son *Mad, Bad, and Sad*, de Lisa Appignanesi; *Mujeres y locura*, de Phyllis Chesler (traducido por Matilde Pérez); *Complaints & Disorders*, de Barbara Ehrenreich y Deirdre English; y *Lost Souls*, de Diana Peschier. La mayoría de estos libros son muy difíciles de encontrar, especialmente en nuestro país. Espero que no lleguen a desaparecer nunca, porque con ellos se perdería de nuevo una parte fundamental de nuestra historia.

La lectura de libros que reflexionan sobre la salud mental desde un punto de vista filosófico o historiográfico puede contribuir a un necesario enriquecimiento de nuestro discurso alrededor del sufrimiento psíquico, y quizás sernos más útil en los momentos difíciles que el arsenal de libros de autoayuda que se publica. Algunos de los que están más presentes en la escritura de este libro son *Histoire du Mal de Vivre*, de Georges Minois; *Breve historia de la locura*, de Roy Porter (traducción de Juan Carlos Rodríguez); *Locura y civilización*, de Andrew Scull (traducción de Víctor Altamirano); *La melancolía moderna*, de Roger Bartra; *Hipocondría*, de Susan Baur (traducción de Daniel Zadunaisky); *La melancolía en tiempos de incertidumbre*, de Joke J. Hermsen (traducción de Gonzalo Fernández Gómez), y, por supuesto, la monumental *Anatomía de la melancolía*, de Robert Burton (algunos de los textos aquí citados corresponden a la traducción de Ana Sáez Hidalgo, Raquel Álvarez Peláez y Cristina Corredor). Parte de la información sobre la historia de los psicofármacos está extraída de *Farmacología y endocrinología del comportamiento*, de Diego Redolar Ripoll.

Diversos libros que ofrecen discursos críticos con la psiquiatría y la historia de la locura oficial están también presentes en estas páginas, como *Histoire de la folie à l'âge classique*, de Michel Foucault; *La institución negada y otros escritos*, de Franco Basaglia (traducción de Florencia Molina y Vedia); *El prejuicio psiquiátrico*, de Giorgio Antonucci (traducción de Massimo Paolini); *Las metamorfosis de la psiquiatría*, de Piero Cipriano (traducción de Giuseppe Maio); *The Divided Self*, de R. D. Laing; *Alma máquina*, de George Makari (traducción de Eduardo Rabasa) y *La folle histoire des idées folles en psychiatrie*, editado por Boris Cyrulnik y Patrick Lemoine.

Me resulta casi imposible citar los libros y textos que he leído sobre maternidad. Pero quiero reivindicar algunos de los que más me han servido, también para contribuir a eliminar el estigma que rodea a menudo esta temática y reclamar su universalidad más allá del sexo de quien lo lea y su identidad como madre: *Nacemos de mujer*, de Adrienne Rich (traducción de Ana Becciu); *Madres*, de Jacqueline Rose (traducción de Carlos Jiménez Arribas); *Maternal Thinking*, de Sara Ruddick; *A Potent Spell*, de Janna Malamud Smith; *Mothers Who Deliver*, editado por Jocelyn Fenton Stitt y Pegeen Reichert; *El niño de la noche*, de Silvia Vegetti Finzi (traducción de Pepa Linares); *Histoire des mères et de maternité en Occident*, de Yvonne Knibiehler; *L'histoire des mères du moyen-âge à nos jours*, de Yvonne Knibiehler y Catherine Fouquet, y *Mother of all Myths*, de Aminatta Forna.

En este libro hay ideas acerca del lugar de la mujer a lo largo de la historia de libros tan diversos como *Historia de las mujeres* (cuatro tomos), editado por Georges Duby y Michelle Perrot (traducción de Marco Aurelio Galmarini); *Soror. Mujeres en Roma*, de Patricia González Gutiérrez; *Gabinete de curiosidades griegas*, de James C. McKeown (traducción de Joan Rabasseda y Teófilo de Lozoya); *Las mujeres en el antiguo Egipto*, de Gay Robins (traducción de Marco V. García Quintela) o *Leyendas de la Diosa Madre*, de Pedro Ceinos Arcones. El libro de Michelle Roche Rodríguez *Madre mía que estás en el mito* ha sido para mí una de las herramientas más valiosas para reflexionar acerca del peso cultural de la figura de la Virgen María.

Quiero agradecer a Clare Carlisle, autora de *El filósofo del corazón*, por iluminarme sobre la vida amorosa de un melancólico como Søren Kierkegaard; a la filósofa Adriana Cavarero, por hacerme ver, tras la lectura de *Inclinazioni: Critica della rettitudine*, la obra de Leonardo con unos ojos nuevos; y a Ferran Aisa, por reivindicar el papel de las mujeres en la historia de las luchas obreras y hacernos llegar las palabras de Amàlia Alegre.

Por último, debo un agradecimiento especial a los traductores y traductoras cuyas versiones he usado en mi libro. De Virginia Woolf, las versiones de los diarios corresponden a la traducción de Olivia de Miguel, y la de la conferencia pronunciada ante la National Society for Women's Service, a la de Alberto Gómez Vaquero. Las traducciones de las poesías de Sylvia Plath son de Xoán Abeleira; las de los diarios, de Elisenda Julibert, y las de las cartas, de Montserrat Abelló y Mireia Bofill. He usado la traducción de José Luis Reina Palazón de las poesías de Anne Sexton; las citas de sus consultas psiquiátricas están extraídas de la traducción de Roser Berdagué de la biografía firmada por Diane Wood Middlebrook. La cita de Marcel Proust de *En busca del tiempo perdido* corresponde a la traducción de Carlos Manzano, la de la carta publicada en el periódico *Le Figaro* a la de Mauro Armiño, y la correspondencia privada está extraída de la biografía del autor de Ghislain de Diesbach, traducida por Javier Albiñana. La traducción de la cita de Séneca es de Francisco Navarro Calvo; la de la *Divina comedia*, de Salvador Sánchez; la del *Rey Lear*, de Andreu Jaume; la de Joan Didion, de Javier Calvo; la de Massimo Recalcati, de Carlos Gumpert; la de Alice Miller, de Marta Torent López de Lamadrid; la de la autobiografía de Charles Darwin, de Íñigo Jáuregui, y la de *La expresión de las emociones en el hombre y en los animales*, también de Darwin, de Eusebio Heras. Las citas de las diversas tragedias de Eurípides corresponden a la traducción de Ramón Irigoyen en el caso de *Medea* y *Las troyanas*, de Germán Santana Henríquez en el de *Hécuba*, y de Aurelio Pérez Jiménez en el de *Las suplicantes*. Las citas de los diarios de Käthe Kollwitz han sido traducidas por José Rafael Hernández.

CRÉDITOS DE LAS IMÁGENES

p. 23: grabado de Dorotea, en Ambroise Paré, *Des monstres et prodiges*, París, 1573, © Alamy

p. 49: grabado de «Histoire du mors de la pomme», en Jean Miélot *Compilation littéraire et historique*, Biblioteca Nacional de Francia, siglo xv, © BnF, Dist. RMN-Grand Palais / image BnF

p. 57: figuras de la Locura melancólica y la Locura delirante en la fachada de Bedlam, esculpidas por Caius Gabriel Cibber. Grabado de John Peltro publicado en Alexander Hogg, *New History and Survey of London*, 1784, © Alamy

p. 63: Henry Herring, *Retrato de Emma Riches*, 1857, © The Bethlem Royal Hospital Archives and Museum, AGE

p. 65: Henry Herring, *Retrato de Emma Riches*, 1858, © The Bethlem Royal Hospital Archives and Museum, AGE

p. 116: Telmo Braun, *Retrato de E.M.G.*, dibujo en papel, 2016

p. 119: William Blake, *Nabucodonosor*, impresión monotipo en color con pluma y tinta y acuarela, 1795, Tate Gallery, © Alamy

p. 138: detalle del frontispicio de Robert Burton, *Anatomía de la melancolía*, 1621, © Alamy

p. 144: Germán Hernández Amores, *Medea, con los hijos muertos, huye de Corintio en un carro tirado por dragones*, óleo sobre lienzo, *c.* 1887, © Album

p. 161: William Thackeray, *Retrato de Isabella Thakeray*, acuarela, 1836, © Album

p. 169: William James, *Here I and Sorrow Sit*, dibujo en papel, *c.* 1860-1869, Biblioteca de Harvard, © Album

p. 203: Käthe Kollwitz, *Die Mütter*, grabado sobre madera, 1921-1922, MoMA, © Alamy

p. 220: Leonardo da Vinci, *La Virgen y el niño con Santa Ana*, *c.* 1510-1513, óleo sobre lienzo, Museo del Louvre, París, © Alamy

p. 254: retrato de E.E.L., en sir Alexander Morison, *The physiognomy of mental diseases*, 1840, https://creativecommons.org/publicdomain/mark/1.0

p. 257: Tony Robert-Fleury, *Pinel, médecin en chef de la Salpêtrière*, óleo sobre tela, 1876, Pitié-Salpêtrière Hôspital, © Alamy

p. 269: Cimabue, *Madonna di Castelfiorentino*, pintura al temple y oro, *c.* 1283-1284, Museo di Santa Verdiana, © Alamy

p. 276: detalle de Giotto di Bondone, *La matanza de los inocentes*, capilla Scrovegni, © Bridgeman